中华先锋人物
故事汇

李保国

太行山上的新愚公

LI BAOGUO
TAIHANG SHAN SHANG DE XIN YUGONG

翟英琴 著

党建读物出版社　

绿色印刷　保护环境　爱护健康

亲爱的读者朋友：

本书已入选"北京市绿色印刷工程——优秀出版物绿色印刷示范项目"。它采用绿色印刷标准印制，在封底印有"绿色印刷产品"标志。

按照国家环境标准（HJ2503-2011）《环境标志产品技术要求 印刷 第一部分：平版印刷》，本书选用环保型纸张、油墨、胶水等原辅材料，生产过程注重节能减排，印刷产品符合人体健康要求。

选择绿色印刷图书，畅享环保健康阅读！

北京市绿色印刷工程

图书在版编目（CIP）数据

李保国：太行山上的新愚公／翟英琴著． — 南宁：接力出版社；北京：党建读物出版社，2020.4

（中华人物故事汇．中华先锋人物故事汇）

ISBN 978-7-5448-6423-7

Ⅰ.①李⋯　Ⅱ.①翟⋯　Ⅲ.①传记小说－中国－当代　Ⅳ.①I247.5

中国版本图书馆CIP数据核字(2020)第007229号

李保国 —— 太行山上的新愚公

翟英琴　著

责任编辑：车　颖　赵梦姝
责任校对：张琦锋　杨　艳
装帧设计：严　冬　许继云　　美术编辑：高春雷
出版发行：党建读物出版社　接力出版社
地　　址：北京市西城区西长安街80号东楼（邮编：100815）
　　　　　广西南宁市园湖南路9号（邮编：530022）
网　　址：http://www.djcb71.com　http://www.jielibj.com
电　　话：010-65547970/7621
经　　销：新华书店
印　　刷：河北鹏润印刷有限公司
2020年4月第1版　　2022年12月第7次印刷
787毫米×1092毫米　32开本　　5.25印张　　80千字
印数：70 001—78 000册　　定价：20.00元

本社版图书如有印装错误，我社负责调换（电话：010-65547970/7621）

目录

写给小读者的话 ………… 1

懂事的孩子 ………… 1

"抱来"的学生 ………… 7

太行山上的接力赛 ……… 15

城里来的"小流域" ……… 21

一个纸条两张图 ………… 29

不修边幅的"老头儿" …… 35

杠头班长 ………… 41

心疼"树孩子" ………… 47

我们有教授亲戚 ………… 55

雷厉风行的专家 ………… 63

- 永远的"小学生"……71
- 爱管"闲事"的大忙人……79
- 一道都不能少……85
- 中国来的"李先生"……91
- 雾里雪里牵挂着你……99
- 不要农民一分钱……107
- 三个不同的家……115
- 祝你生日快乐……123
- 爷爷不乖……129
- 培养"土专家"……137
- 桃"李"之家"老山人"……143
- "爱戴"这个词怎么用……151

写给小读者的话

亲爱的小读者,在华北大地上,绵亘着八百里太行山,山势险峻巍峨,自古就是兵家必争之地。

太行山的褶皱里,散落着许多村庄,许多年前,因为交通不便、信息闭塞等情况,这些村庄贫穷落后,人们多么想像传说中的愚公一样,把眼前的大山搬走,把苦巴巴的日子赶走!

李保国来了!

他与乡亲们同吃同住同劳动,扎根太行山,三十五年如一日,埋头耕耘,手把手将科学技术传授给农民,培养出众多的"土专家",用科技为荒山带来苍翠,用产业为百姓拔掉"穷根"。

为了让山区百姓脱贫致富,一年三百六十五

天，他有二百多天在乡下。他把自己看作"太行山人民的儿子"，对群众有求必应，风餐露宿成为他的工作常态。

作为一名大学教授，他从不耽误学生的一节课，孜孜不倦地将科技的火种传播给青年一代；他教导学生们，要把论文写在大地上，要把实验室搬到田间地头。

紧张的工作，过度的劳累，让他的健康状况不容乐观，糖尿病和心脏病开始折磨他。他，却舍不得把宝贵的时间留给一台手术。

虽然他不知道生命的终点在哪一天，但他一直在用奔跑的姿势与病魔赛跑，从病魔手中抢夺时间。因为，他想帮助更多的人走出贫困……

今天，李保国虽然离开了我们，但他的汗水与心血滋养着八百里太行，他的名字将与巍巍太行同在，他的精神将会一直鼓励我们前行！

打开这本书，让我们认识这位太行山上的新愚公——李保国。

懂事的孩子

雨水已过,但风依然寒凉。它呼啸着掠过华北平原,掠过千年古镇——赵桥镇,呜呜地吹进小刘村,挨家挨户敲打着纸糊的窗户。窗棂震颤着,在风的敲打下呻吟着,窗纸裂开细缝,风便从窗纸缝中挤进屋里,像是流浪的孩子在寻找栖身之所。风虽然寒凉,但千千万万生命的芽,已经蓄势待发,以期绿遍大地。

赵桥镇是河北省衡水市武邑县的一个古镇,始建于汉高祖五年。小刘村是赵桥镇管辖的一个行政村。一九五八年二月二十一日,农历正月初四,人们还沉浸在新年的欢庆气氛中,一个男婴呱呱坠地,给小刘村一个看似普通的家庭带来无比的喜悦。这个男婴，就是后来被誉为"太行山上的新愚公"的李保国。

李奶奶怀抱着自己的孙子，更是喜笑颜开。这个看似普通的家庭，其实并不普通。李奶奶有两个儿子，全都送到了前线打仗。小儿子负伤归来，就是李保国的父亲；大儿子至今杳无音信。李奶奶性格坚毅，认为好男儿就应该保家卫国。

因为父亲在外地工作，刚来到人世间的小保国，在妈妈和奶奶的呵护下，快乐地成长。他聪慧乖巧，很是惹人喜爱。

然而，天有不测风云，小保国的母亲害了重病，带着无限的眷恋撒手人寰，留下只有三岁大的小保国。三岁，正是在父母怀里撒娇的年龄，小保国却痛失母爱。父亲在县粮食局保卫科工作，单位事多，很少回家，不谙世事的小保国只好与奶奶相依为命。

奶奶担负起照看和教育小保国的责任。奶奶给他讲岳飞英勇杀敌、精忠报国的故事，讲包公廉洁公正、铁面无私的故事，讲百里负米、卧冰求鲤等二十四孝的故事，小保国听得津津有味，经常缠着奶奶问这问那。奶奶告诉他，人这一辈子，就要做对大伙儿有意义的事。"依我看，我的孙子有出息，将来一定能做成事！"奶奶用满含期待的目光看着小保国。

小保国望着奶奶，似懂非懂地点点头。他一定要成为奶奶期望的那种人，要有本领，做对大家有意义的事。

不幸的是，奶奶得了一场大病，住进医院。经过治疗，总算捡回一条命，但是，出院后得天天喝中药进行调养。父亲每天抓药，熬药，做饭，守护在病床前照料生病的奶奶。

"爸，您去上班吧，别耽误工作，我来照顾奶奶！"小保国仰着头对父亲说。

望着个头儿刚刚超过炕沿的儿子，父亲满是疑虑："你会熬药？"

"会！您每次熬药，我都在旁边看。今天让我试试吧！"说着，小保国支起三块砖，上面架上药锅，打开一包中药，倒进药锅里，添上水，抱来干柴，点燃，用小火慢慢熬着。

屋子里药香四溢。小保国将熬好的药汤滗出

来，倒在碗里，端到奶奶跟前，待到温度适宜，服侍奶奶喝下。父亲惊讶地在旁边看着这一切，看到儿子做得有板有眼，他心里暖暖的，眼睛湿润了。

父亲放心地去上班了，小保国便每天按时熬药，喂奶奶吃饭吃药，给她端屎端尿，直到奶奶病愈。村里人都夸小保国，说李奶奶有福气，有一个孝顺懂事的好孙子。

小保国六岁的时候有了继母。后来，继母生了弟弟和妹妹。白天，继母要去生产队劳动挣工分，小保国就领一个，抱一个，带着弟弟妹妹去上学。有时候父亲回家，会给孩子们买回一些好吃的。小保国总是让着弟弟妹妹，让他们吃个够。他把父亲给他的那一份悄悄留起来，等继母干完活儿回到家里，拿给继母和父亲吃。继母经常对人夸赞小保国懂事，说他心里想着别人，将来一定有出息。

小保国长大了，要到镇上的公社读初中。学校离家来回有十几里地远。那时候没有自行车，他每天要步行上学。早晨上学前，他会把全家的早饭做好，喂奶奶吃了饭，才背上书包去上学。上学时，他还要背上一个筐。筐用来盛什么呢？原来呀，他发现路上有牲口粪便。庄稼一枝花，全靠肥当家，那些粪便是庄稼的好肥料，浪费掉多可惜啊！于是，小保国每天上学放学都背着筐，捡拾牲口粪便，然后悄悄倒在生产队的田里。老师得知后，在全校表扬了他。

那个年代，生产力低下，当地农村每人每天的口粮指标是八两，根本吃不饱肚子。看着饥饿的家人，小保国放学后默默地背起筐，到田间地头割草，然后送给生产队喂牛。上交二十斤草，生产队给记一个工分。一筐青草有几十斤重，小保国要歇好几次，才能将一筐草背回来，稚嫩的肩膀上都磨出了血印。

"孩子，一次别背这么多，别压得不长个儿喽！"继母一边为他清理肩上的血印，一边心疼地说。

"没事，我能行！多割草才能多挣工分，多挣工分才能多分粮食，弟弟妹妹才能不饿肚子。"小保国俨然一个顶天立地的男子汉，要为父母分担家庭的重担呢！

一九七二年，村里有人说，去挖海河不仅有馒头吃，工程结束后还能分到十几块钱。听到这个消息，只有十四岁的李保国动了心，攒在大人们的身后去挖海河了。

寒冬腊月，天寒地冻，根治海河的工地上却热火朝天。一个瘦削少年的身影，跟大人一样抡镐刨冻土，挑扁担背筐运土，他就是李保国。

刚十四岁的李保国很要强，他每天都跟成年人一样干活儿，几天下来就累得腰酸背痛，走路一瘸一拐的。但他不喊累，不叫苦，咬牙坚持着。虽然穿着棉衣，他的肩膀依然被扁担磨出了血泡。血泡破裂，血淋淋的皮肉跟棉袄粘连在一起。晚上睡觉脱棉袄时，李保国肩膀疼得钻心，直冒冷汗。肩膀上的伤势严重时，他干脆穿着棉袄睡觉，以此减少疼痛。

不管多么苦，多么累，多么疼，李保国从未打过退堂鼓。他想，一个人连这么点儿罪都受不了，还怎么干事情？预定的工期，他一天不少地坚持了下来。

李保国看到了农民的累，更尝到了农民的苦！

他立下志向，长大后要改变这种局面，不让农民再受累，不让农民再吃苦！

"抱来"的学生

小时候的李保国勤奋好学，十七岁的他在武邑县怀甫公社广播站工作，后来又调到武邑县机电局。国家恢复高考后，他成了第一批高考考生。地质是他喜欢的专业，所以他就毫不犹豫地填写到志愿栏中。

那个年代，高考录取工作全部靠人工操作，不像现在的电脑投档这样严密。当时负责招生的老师为了抢夺生源，没细看考生志愿，一把抱走了一些学生档案。阴差阳错，喜欢地质专业的李保国被河北林业专科学校（1985年改名为河北林学院，1995年并入河北农业大学）蚕桑专业录取。一同被录取的还有一个名叫郭素萍的女生。他们戏称自己是被"抱来"的学生。

那一年，全国参加高考的学生有五百七十多万，被录取的只有二十七万多，大学生是响当当的"天之骄子"。喜欢地质，却学了蚕桑，李保国一点儿都不气馁，相反，他渐渐喜欢上了这个专业。

"不管哪一行，只要能学到真本事，都能为大家做有意义的事！"李保国认为，他能考入大学深造，有机会学到一些知识和本领，将来就能为人们做有意义的事，离奶奶的期许就近了一步。他起早贪黑地刻苦学习，要把耽误的时光补回来。每天早上，他都第一个来到教室；每天晚上，他都最后一个离开。

面对这个个子不高、面孔黝黑、身穿手工缝制的粗布衣裤、整天抱着书本的男生，有的同学说："保国，咱们考进大学，毕业后就是城里人，手中捧着'铁饭碗'，一辈子不再受贫，你干吗还那么较真儿地学？"

李保国说："咱们上大学不是为了混个'铁饭碗'，是要学点儿真本事，将来才能做对别人有意义的事！"

一九八〇年，学校组织同学们到邢台蚕种场实习。虽然学的是蚕桑专业，可是李保国此前并未见过真正的蚕宝宝。

来到蚕种场，看到那一条条肥嘟嘟、肉乎乎的蚕宝宝，大摇大摆地从这片桑叶爬到那片桑叶，有的咀嚼时发出沙沙的声音，有的抬起头好像在跟人打招呼呢，李保国心潮澎湃，下决心要学好养蚕技术，将中国古代劳动人民创造的重要技艺发扬光大。

说是实习，工人们却放了假，蚕种场完全交给学生们打理。学生们这才知道，养蚕不只是个技术活儿，还是苦活儿、累活儿。他们两人一组，采桑叶，喂蚕，清理蚕沙，打扫清洗养蚕室……每天都有干不完的活儿。

在分组的时候，谁都不愿意跟一个山里来的女生一个组，因为她脾气倔，说话冲，不好相处，这让带队的老师犯了难。当时李保国已经跟郭素萍谈朋友了，但他还是二话没说，主动要求跟那个女生一个组。

人们说他傻，放着好好的素萍不选，偏要选个

难相处的人。李保国说："人无完人。谁都不跟她一个组，她该有多伤心啊！"

在实习中，重活儿、累活儿、脏活儿，李保国都抢着干。一天，李保国路过工程师办公室，发现工程师正摆弄一台显微镜。

"您在做什么呢？"李保国好奇地问。

"给蚕宝宝照相。记录它的生长过程，培育优良蚕种。"工程师让李保国到显微镜跟前来。

看着显微镜下的蚕宝宝，想到他们的科研可能会改良蚕种，造福人民，李保国感觉这是一件既神奇又伟大的事情。工程师见他感兴趣，就答应收下李保国当徒弟。

让李保国没想到的是，给人照相容易，用显微镜为蚕宝宝照相却有难度。从胚胎到成蚕，每一步都要记录下来，不能间断。你们想想看，要为只有米粒大小的蚕种拍照，该有多么难啊！这既需要细心，又需要耐心，还需要忍受又热又闷的暗室环境，因为显微照相之后，要自己冲洗相片。暗室里遮挡严密，没有电风扇，更没有空调，闷热难耐，在里面待上几分钟就是一身汗。如此细致耐心的活儿，对于男生来说委实不易，而且，李保国对显影液和定影液过敏，手上起了许多红疙瘩，刺痒钻心。

可李保国坚持了下来，不但学会了显微照相，还帮助工程师做了一些其他事情，二人亦师亦友，相处十分融洽。

李保国把主要心思都用在学习上，基本没有其他爱好。当时蚕桑专业学的外语是日语。没有日语基础的李保国，一有时间就泡在图书馆，研究日语原版资料，对照《日汉词典》翻译，常常耽误了吃饭。每晚宿舍熄灯后，他都在被窝里小声背日语单词。有同学戏称这是"催眠曲"。李保国听到后，为了不影响同学休息，便把声音放得更低。

为激发学生们的积极性，校刊专门开辟了日语翻译专版，刊登学生的水平较高的文章。对于大多数同学来说，能在校刊上发表一篇译文就相当不错了，而李保国一人就发表了三篇。

学习刻苦的李保国，各门功课成绩在班里都名列前茅，毕业后留校任教。

参加工作后，他一边工作一边坚持学习。他认为栽种经济林能改变农民的贫困现状，作为被从地质专业"抱到"蚕桑专业的学生，他开始研究经济林栽培。一九八九年七月，他取得了河北农业大学果树学硕士学位，同年加入中国共产党。

二〇〇五年一月，已经四十七岁的李保国，取得了中南林学院森林培育学博士学位。

李保国学一行，爱一行；干一行，精一行。他在学中干，在干中学，只要是跟专业相关联的知识，只要是能帮助群众脱贫致富的知识，他都会挤时间去自学。老师和学生们称赞他知识面广、眼界开阔、意识超前，这其实跟他日积月累的学习分不开。

太行山上的接力赛

巍峨起伏的太行山,位于华北平原西侧,绵延八百余里,浩荡苍茫。自古以来,太行山区民风淳朴,孕育出"愚公移山"的寓言,积淀着奋斗不息的情怀。

河北省邢台县,太行山的深处,有个浆水镇,镇上有个村子叫前南峪。这里自然条件恶劣,土层薄,土壤中有机质少,人们生活穷困潦倒。"满山和尚头,下雨遍地流,有雨就成灾,无雨渴死牛。"这是在当地流传的顺口溜,也是其真实写照。

别看前南峪穷得叮当响,像是个很普通的村子,但它却有一段特殊的历史。这段历史,因中国人民抗日军政大学而熠熠生辉。

中国人民抗日军政大学简称"抗大",是在抗日战争时期,由中国共产党创办的培养军事和政治干部的学校。在抗日战争最艰苦的岁月里,抗大曾在前南峪持续办学两年零三个月。现在,抗大陈列馆就坐落在浆水河边。侵华日军头目冈村宁次曾多次叫嚣:"消灭了抗大,就是消灭了边区的一半。""宁肯牺牲十个日本兵换一个抗大学员,牺牲五十个日本兵换一个抗大干部。"由此可见抗大在当时的影响和威力有多大。冈村宁次多次进攻和偷袭抗大,均以失败告终。

"抗大驻村"的红色资源,孕育了前南峪人憨厚耿直的性格和战天斗地的精神。然而,交通闭塞、干旱贫瘠等恶劣的环境条件却让他们挣扎在贫困线上。

为帮助山区农民摆脱贫困,从一九七九年起,河北农业大学先后组织了近百名专家教授深入太行贫困山区,依靠科技开展绿化和扶贫工作,进行太行山区综合开发研究。

一九八一年,李保国毕业留校,正赶上河北林业专科学校组织青年教师参加太行山区综合开发研究工作，他毫不犹豫地报了名，跟随课题组来到前南峪村。他多么希望尽快帮助革命老区的人民脱贫致富啊！

安建昌老师是最早的课题主持人，主攻方向是经济林。作为从城里来的教授，他跟课题组的其他成员一样，吃住在村里，生活很俭朴，不搞特殊化。他还经常告诫同事们，尽量少给村里的乡亲添麻烦。受安建昌老师的影响，课题组的人常常从城里的家中蒸好了馒头，大包小包地带到山里，干活儿饿了当干粮充饥。

有一次，县里的领导来看望课题组的同志，看到他们生活条件如此艰苦，尤其是看到城里来的教授跟村民同吃同住同劳动，心里很感动，就想请安建昌老师吃顿饭。安建昌老师说："饭费是我自己出还是公家出？如果是自己出钱，我就去；如果是公家出，我就不去！"

安建昌老师朴素的生活、公私分明的态度和严于律己的作风，都深深地影响了青年李保国。他与课题组的同事们一起，带着简陋的设备，攀高山，越深谷，风餐露宿，走遍项目区的每一个山头地块，掌握了详尽的第一手资料。他从来都没有说过累，没有喊过苦。在他看来，唯有掌握真实而详细的第一手资料，才有科学治山的希望。

在课题组，李保国最年轻，他跟随安建昌老师在艰苦的环境中经受磨砺，养成了吃苦耐劳、不怕困难的品质和意志，学会了跟农民打交道的方法。他跟农民们在一起，除了当好指挥员，他更像一名战斗员，脏活儿累活儿总是抢着干。李保国跟农民在一起，旁人根本看不出哪个是农民，哪个是从大学来的老师。工作的时候，他抡镐挥锹，点捻儿放炮，跟农民们共同治理荒山；休息的时候，他跟农民们一起聊家常，算收成，谈未来。他由衷地希望革命老区的人民能尽快摆脱贫穷，早日走上致富的道路。

于宗周老师是课题组的另一位主持人。他是北京林业大学毕业的水土保持专家，在国内较早地将生态经济学理论应用到太行山区开发治理工作中，采用隔坡沟状梯田技术建设山区，开发出了治理"旱、薄、蚀"山场的关键性技术。

于宗周老师是给李保国讲过课的"亲"老师。在前南峪,青年李保国跟于宗周老师朝夕相处,耳濡目染,除了在水土保持专业方面受益匪浅,他还从于宗周老师身上学到许多优良的作风。

于宗周老师从一九六四年开始,就进入太行山蹲点搞山区综合开发治理,一干就是三十余年。他把太行山看作自己的第二个家,两个女儿出生时他都没有回家看看。在女儿们的记忆里,父亲总是出差在外,一年到头也见不到几次。于宗周老师有一个专门放洗漱用品、针线等的旅行包,几十年来,每逢出差,他都会背着这个包吃住在山头。为了掌握第一手资料,风吹日晒,霜打雨淋,他都扛着测试仪器,翻山越岭,去测量水土流失数据。有一次,为了获取最佳数据,于宗周老师深更半夜冒着瓢泼大雨,跑到山上的观测点,在泥水中一蹲就是几个小时,最后累得直不起腰来。从观测点回来,他跟同事们一起吃住。对他来说,能吃上一碗热面条就算改善生活了。

对于山区综合开发来说,水土保持和经济林种植相辅相成,相得益彰。李保国从安建昌和于宗周两位老师身上，既学到了学术研究和工作实践方面的丰富知识，又继承了他们严谨的工作作风和朴素的生活态度。随着于宗周老师退休，课题负责人的担子慢慢落到了李保国的肩上。

接过这副担子的李保国，从此把自己的事业同太行山紧紧连在一起。在他看来，这是一场与贫穷、与自然灾害抗争的接力赛。他要把学到的知识毫无保留地奉献给山区人民，让一片片荒山、秃山披上绿装，让一条条穷山沟变成金沟银沟。

城里来的"小流域"

李保国能接过建设开发太行山的重担,离不开妻子郭素萍的支持。

郭素萍是李保国的大学同学,来自张家口赤城县。她端庄秀丽,面容白净,亭亭玉立,是学校排球队的主力队员,更是男同学心目中的偶像。

可是,郭素萍却喜欢上了相貌平平、家庭条件很一般的李保国。马上要毕业了,她将李保国带回赤城县的老家,介绍给亲人们。在县城工作的舅舅和李保国交谈了一番之后,对郭素萍说:"李保国不错,为人实在,有水平,将来能干出一番事业来!"

他俩的婚事就这样定了下来。

一九八一年，李保国与郭素萍喜结连理。婚后，二人互敬互爱，夫唱妇随，一起跟随课题组来到前南峪村。一九八二年，他们的儿子李东奇呱呱坠地，给小家庭带来无限的喜悦。

可是，李保国与郭素萍当时所在的小流域综合治理课题组，正忙得不可开交。

小流域综合治理是个系统工程，一般是在一个小流域范围内，合理安排农、林、牧、副等用地，采取综合防治措施，能防治水土流失，改善生态环境，增加人们的经济收入。

为了不影响工作，一九八三年春天，小两口将刚满周岁的宝贝儿子李东奇带到了前南峪，把家安在村中的石板房里。

小东奇长得白白净净、虎头虎脑，村里的人们都非常喜欢他。纯朴厚道的农民不明白"小流域综合治理"的含义，但是他们记住了"小流域"三个字，于是，他们亲切地喊小东奇为"小流域"。

起初，城里来的"小流域"干净白胖，好像年画里的胖娃娃。可是没多久，他就变得跟村里娃一样一样的啦。

因为没人照看儿子，李保国和郭素萍进山时就背着他。他们劳动，小东奇就在不远的山坡上玩。每次收工的时候，小东奇的身上、脸上全是土，成了一个小泥娃。

夏天，太阳炙烤着山石，将石头晒得滚烫。穿开裆裤的小东奇不小心摔倒，一屁股坐到石头上，烫得他哇哇直哭。李保国想出个妙招，用两根棍子架上褂子，在新开的水平沟上面搭出一个简易的小帐篷。他把儿子抱到帐篷里。

"这儿比在山坡上安全。"他笑着对郭素萍说。

课题组的人搞测量，挖土方，忙得不亦乐乎。村民们则在山上找蝎子。一只蝎子能卖一毛钱，对村民们来说，这是笔可观的收入。他们将捉到的蝎子先放到塑料袋里，将塑料袋的开口用石块压住，放到显眼的地方，然后继续翻石头，挖土缝，找蝎子。

大人们在忙活，小东奇闲得无聊，东看西瞧，发现了地上的塑料袋。他慢慢走过去，拿掉石块，提起塑料袋。里面的蝎子挣扎着，已经扎破了塑料袋。小东奇不晓得里面装的是什么，提着塑料袋的

城里来的"小流域"

一角,好奇地看着它们舞动着两个钳子,高高翘起尾巴,挤来挤去,想要寻找机会跑出来。

"小流域,你怎么拿这个玩?"一个村民见状,脸吓得煞白,一把夺下小东奇手中的塑料袋。小东奇哇的一声大哭起来。

蝎子早已扎破塑料袋,那露出来的尖尖的长尾,很有可能蜇伤小东奇。李保国夫妇越想越后怕,二人一商量,决定将郭素萍的母亲接过来,帮助他们照看小东奇。

郭素萍的母亲可不是一般人家出身。郭母的父亲乔江是当地赫赫有名的商人。乔家的生意做得大,而且乔江人品很好,经常资助老家遇到困难的亲戚,接济需要帮助的乡亲。

乔江生有一儿一女,在教育孩子的问题上,坚持"严管儿子,娇惯闺女"的理念。他把女儿奉若掌上明珠,有求必应;对比女儿小十岁的儿子管教却很严,就连吃饭掉了米粒,他都要求儿子捡起来吃下去,否则儿子就会挨打。

郭素萍的父亲是个苦命人,父母早亡,从小一个人坚强地生活。虽然郭素萍的父亲家庭条件不

城里来的"小流域"

好，但他却疼爱郭素萍的母亲，夫妻二人感情很好，他们共育有郭素萍姊妹六人。别看家里人口多，负担重，可郭素萍的父亲从来都不让妻子下地干活儿，就连她想去自留地看看，郭父都会用小车推着她去。

面对女儿和女婿的请求，老太太毅然答应下来，搬到前南峪的石板房中，来照看她的小外孙李东奇。

前南峪的生活是艰苦的，没电少水，饭菜简单，经常是干粮就咸菜。为了支持女儿和女婿，爱干净的老太太不怕虫蚊叮咬，不嫌弃住房有土，不埋怨饮食习惯不同，不喊苦，不说累，尽心尽力照看着小东奇。

他们一家人和村民们一起赶大集，采买生活用品；一起看大戏，跟村民们同乐，生活得很融洽。

可是，也有让老太太担惊受怕的事情发生。

一天，她正在给小东奇洗衣服，稍不留神，小东奇不见了。心爱的小外孙哪儿去了？老太太站起身，双手在衣襟上擦了擦，焦急地四处寻找。

忽然，她发现小东奇竟然在房顶上！

不用问，小东奇肯定是爬着梯子上了房。一向胆小又娇气的老太太似乎忘记了恐惧，急忙攀着梯子上了房，把东奇往怀里一抱，瘫坐在房顶上，眼巴巴看着地面，不敢从房顶上下来了。

她搂着小东奇，等啊等，一直等到夜色即将降临，房东大叔回家，他才赶紧帮助祖孙二人从房上下来。

老太太经常对小东奇说："快快长吧！等你长大了，姥姥送你去保定的幼儿园上学。学唱歌，学识字，跟小朋友们一起做游戏，还有好多新玩具。"

小东奇记住了姥姥的话，回保定上幼儿园成了他的渴望与梦想。

有一回，学校的领导来看望课题组的人。小东奇知道那是来自保定的汽车，在汽车返回时，他趁大人们不注意，爬上了车。

"儿子，咱们不回保定。"李保国和郭素萍轮番劝说，甚至连哄带骗。

"我要回保定上幼儿园！"小东奇坚持不下车。

郭素萍只好硬生生将小东奇从车上抱下来。

望着汽车渐行渐远,小东奇号啕大哭。看着儿子哭,郭素萍也悄悄流下了眼泪。

这让李保国心里很难受。可是,为了让前南峪村的村民尽快摆脱贫困,他只能咬牙坚持下去。

一个纸条两张图

哗哗哗!雨一直在下,无数的水柱将地与天连在一起。岗底村的人们躲在屋内,愁眉苦脸地看着外面漫天的大雨。

一九九六年的这场暴雨,从八月三日到八月四日,短短两天时间,岗底村一带的降雨量就多达四百毫米。连日暴雨使山上的土层变得松动,大量的雨水裹挟着泥土和碎石,咆哮着从山上冲下来。

"发大水了!发大水了!"有村民敲响铝锅铁盆,警示大家赶紧寻找相对安全的地方避灾。

洪水无情,咆哮而至,岗底村前的护村大坝瞬间被冲垮。汹涌的洪水,如同一头发怒的野兽,越过坝基,扑向农田和村庄。住在村边的人发现,家门口的水很快涨到齐腰深,若不紧急向高处疏散,他们恐怕很难躲过这一劫。

人,可以逃到高处,可是,田地、山场、工厂却无法逃避洪水的侵袭。这场洪水,冲毁了岗底村一千二百米长的护村大坝,破坏了二百多亩保命良田和三千多亩山场,摧毁了几乎全部的水利设施,采矿厂、选矿厂、冶炼厂等企业也遭受重创。岗底村直接经济损失一千一百一十九万元,人均损失两万元。

雨终于停了,岗底村的人们却开始流泪了。看着被山洪冲毁的家园,憨厚纯朴的人们感到天塌了下来。

洪灾后,由专家教授组成的科技救灾团来到岗底村,他们山上山下、村里村外地查看了一遍。

"那个老头儿也是专家吗?"有人问。

"我看不像,兴许是哪个村的吧。"有人摇着头回答。

被村民议论的人,看起来有五十来岁,黝黑的脸庞,稀疏的头发,上衣皱皱巴巴,裤子肥肥大大,上面还有一个补丁,脚穿一双半旧的布鞋。

"李老师，您看山坡这块怎样治理？"一个专家团成员问这个被村民悄悄议论的人。

这个被称为李老师的，便是李保国。由于常年在山间地头劳作，风吹日晒，刚刚三十八岁的李保国满脸沧桑，看起来比实际年龄大好多。

这个看起来很像农民的人，原来也是专家！村民们打量李保国的目光中，有诧异，也有了亲近。

这一天，炙热的阳光烘烤着潮湿的大地。空中没有一朵云，山里没有一丝风，世界好像是个大蒸笼，潮湿，闷热，让人喘不过气来。救灾团在托梦沟查看受灾的果园时，有人忍受不了溽热的天气和太阳的炙烤，便躲到树荫里，喝口水，稍做休息。

李保国却跑来跑去，一棵树一棵树地查看，不时向近旁的果农询问情况。

"老乡，你这苹果树几年了？"李保国用拉家常的语调问。

"十年了。"老乡站在他身边，很随意地回答，就像在跟邻居搭话。

"好哇，正是盛果期。"李保国笑着说，"一亩地能产多少斤苹果？"

一个纸条两张图

"大年一千多斤,小年也就几百斤吧,没个准儿。"

李保国的眉头皱了一下,又问:"你疏过花、疏过果吗?"

老乡挠挠头说:"啥叫疏花、疏果?俺没听说过。"

望着疯长的苹果树,望着挂果很少的枝杈,再打量一番身边纯朴厚道、日子过得苦巴巴的老乡,李保国心里很不是滋味。同时,他也有了帮扶计划。他对老乡说:"我来晚了!"

查看过灾情之后,救灾团来到岗底村会议室,听取党支部书记杨双牛汇报。然后,大家献计献策,提出许多救灾的办法和措施。这时,李保国从地上捡起一个空的香烟盒,撕下一条,在背面写了一句话:"如果需要果树管理技术,我可以帮忙。"并留下了他家的电话。

杨双牛接过李保国递过来的纸条一看,喜出望外,紧紧握住了李保国的手。

谁也没想到,这个纸条,竟成了连接李保国和岗底村的纽带。

来到岗底村，李保国先画了两张图：一张是村民的家庭住址图，另一张是岗底村果园分布图。他为什么要画这两张图呢？

话说那一天，李保国听说王群书家的苹果树得了小叶病，就想抽出时间去看看。可是，他不知道王群书家的果园在哪儿。一路打听，终于沿着村后沟来到一个果园里。可是，这是王群书家的果园吗？这里的果树根本没有害小叶病啊！

"李老师，你要去哪儿啊？"在李保国面对果园犹豫的时候，有老乡跟他打招呼。

"我想到王……王……什么书家的果园看看，说是得了小叶病。"李保国把王群书名字中间的字给忘了。其实这事不怪他，因为岗底村村民的名字重字的特别多。比如，杨牛小、杨群小、王书小、杨国春、杨贺春、杨进春、杨庆春、杨秀春、王海书、王群书、杨群书……作为一个初来乍到的人，李保国怎么可能一下子记得那么清楚呢？

这个老乡很热心，说："你是想找王群书家的果园吧？我领着你去。"

七拐八绕，他们终于来到王群书家的苹果园。

李保国逐一查看了果树，发现它们也没得小叶病。这是怎么回事呢？李保国有点儿蒙。

"会不会是王海书家的果树得病了呢？"老乡又领着李保国来到王海书家的果园里。看着生病的果树，李保国才明白是自己记错了名字。

李保国的心情很沉重。作为一个来传授技术、驻村帮扶的人，如果不知道村民的姓名、家庭住址，不知道他们的果园的具体位置，又怎能更好地了解情况，帮助他们脱贫呢？

于是，李保国逐一走访，自己动手画了两张图。有了这两张图，他就能按图索骥，准确找到每个村民的家和他家的果园。没过多久，这两张图就牢牢地刻在李保国的脑海中了。哪片果园是谁的，管理得怎么样，主人家住在哪儿，他都一清二楚，好像他就是土生土长的岗底人。

不修边幅的"老头儿"

作为大学教授，李保国带过好多好多学生。在他的学生当中，悄悄流传着一个他的绰号——"老头儿"。李保国也许不知道，也许知道，只是对此睁一只眼闭一只眼。学生们不敢当面喊他"老头儿"，可学生们之间交流时，就经常用"老头儿"来指代李保国教授。

"老头儿交给你的活儿干完了吗？质量如何？小心挨老头儿批评！""老头儿看问题可真准！""看到老头儿，我就想起了我父亲！"学生们私下里这样称呼李保国时，语调里满是亲昵和敬爱。

的确，李保国是个"老头儿"，不然也不会在刚刚三十八岁跟随专家团到岗底村时，就被人误以为已经五十多岁了。

李保国特别不讲究吃穿，一是因为他的心思没放在吃穿上；二是因为，作为从农村走出来的大学教授，李保国一直保持着农民俭朴的美德。他从来不乱花一分钱，对自己甚至有些吝啬。他常说，要把每一分钱都用在该用的地方。

在日本留学期间，李保国常常去学校周边一些小超市，选购里面的打折商品。当时鸡蛋和油便宜，他就多买鸡蛋，多吃鸡蛋。煮蛋，煎蛋，他还教一起留学的同事崔同老师做鸡蛋饼当早餐，他说："鸡蛋便宜，又有营养，做法简单，干吗不吃鸡蛋呢？"

李保国是在农村长大的，他记得农民的苦，知道农民的累，深知农民的不易。

一九九七年的冬天，北风刺骨，滴水成冰。为了摸清岗底村的气候、土壤、水文和山体等自然条件情况，李保国和岗底村的杨双魁整天往山里跑。每天吃了早饭，他们就上山。中午肚子饿了，他们就在山上啃个冷馒头，喝点白开水，然后继续干活儿，直到太阳落山才收工。

这一天，李保国和杨双魁赶到托梦沟一个名叫皇庄的地方时都快下午一点了。他俩两腿酸疼，肚子饿得咕咕叫，于是找到一个避风的地方坐下。杨双魁从包里掏出两袋方便面，递给李保国一袋："今天改善生活，不吃馒头了，吃方便面。"

"哪儿来的？"李保国没接方便面。

"我从村里小卖部买的，一块钱一袋。"杨双魁忙解释。

"馒头呢？"李保国又问。

"天气太冷，馒头都冻得啃不动了。以后咱们就吃方便面吧！"

让杨双魁没想到的是，李保国却说："买一袋方便面的钱，可以买四个馒头。吃方便面太浪费了，以后还是吃馒头吧！"

李保国心疼农民，他的心一直是跟农民紧紧连在一起的。他常对自己的学生们说："我们整天和农民一起爬山上树，剪枝疏果，如果穿的是西服革履，既不方便工作，也会跟农民产生距离。"李保国认为，自己是农民，才能更好地融入农民。

二〇〇一年，某个县级市有个煤老板，承包了一座荒山，要搞林果开发，想请李保国帮忙。可他不认识李保国，便托了主管林业的副市长。这个副市长也不认识李保国，于是又托了一个领导，最后托到岗底村党支部书记杨双牛那里。

当时，李保国正在岗底村研究无公害苹果栽培技术。面对山区人民的需要，李保国虽然忙，可还是答应了下来。

去洽谈的前一天，杨双牛建议李保国换套新衣服，因为毕竟是去副市长的办公室。李保国说他没有新衣服。杨双牛马上要派人去买，被李保国拦住："又不是去相亲，穿什么新衣服！"

李保国的脾气倔，说一不二。杨双牛深知这一点，便依了李保国。

第二天，他们来到副市长的办公室。看到衣帽整齐的杨双牛，副市长和煤老板都热情地跟他握手寒暄："李教授辛苦了！"

杨双牛忙一把拉过被晾在一边的李保国，介绍道："这才是李保国教授！"

看着眼前的李保国，煤老板有些诧异。这就是传说中的李保国教授吗？黝黑的皮肤，方脸大嘴，个子不高，头发稀疏，胡子拉碴，裹着一件灰色棉袄，脚上的解放鞋都磨破了边角。他跟村里的农民、矿上的工人有什么两样呢？

为了缓解尴尬气氛，李保国笑着解释："没事，经常有人认错，把我当成农民。没关系，只要农民认我就行！"

说起荒山治理，谈论林果栽培，李保国犹如一部活的教科书，讲得头头是道，煤老板马上佩服得五体投地。

二〇一五年十二月十六日晚，河北电视台的《燕赵楷模发布厅》节目录制现场，座无虚席。台上的李保国，新理的头发，刚刮的胡子，洁白的衬衣，深蓝色的西裤，锃亮的新皮鞋，整个人看起来格外精神。来自农村的特邀嘉宾坐在台下，都快认不出李保国了。

其实，在上台之前，导演还亲手为李保国系了领带。从不系领带的李保国感觉脖子箍得慌，趁导演不注意，解下了领带。

李保国很少穿浅色的衣服，尤其是白色的。他说:"白色衣服容易脏,三天两头得洗,又麻烦又费时间,不穿!"

这件白衬衣,是为了录制节目,郭素萍特意给他买的。

李保国最常穿的是劳保迷彩服,还有一件灰色的大衣,上面有被树枝钩破的洞,也有郭素萍缝上的补丁。

杠头班长

李保国脾气倔，性格直，说话冲，办事认真，有人亲切地称呼他为"杠头班长"。他说，要转变农民的观念，没有"杠头"劲儿哪行？不这样，农业技术就不能落地生根。

李保国的确有一股子"杠头"劲儿，许多人都领教过。但是这"杠头"不是死抬杠、抬死杠，而是一种执着精神，一种对正确性的坚持。

一九九九年的一天，邢台市临城县凤凰岭，一眼望不到边的荒岗上，一台大型铲车轰鸣着，在进行挖掘和清理。这里干旱缺水，乱石堆积，荆棘密布，开发难度极大。这样的荒山，还能变成绿山绿岭吗？开铲车的师傅轻轻叹了一口气。

他注意到，最近这段时间有一个老头儿总是早早地来到工地，又总是最后一个离开。烈日下，扬尘里，机器的轰鸣中，那个老头儿认真地测量、检查，偶尔还把工作漫不经心的人批评两句。他问工程负责人高胜福："你从哪儿请来这么个倔老头儿，天天这么死盯着我们？"

这个"老头儿"就是刚过四十岁的李保国。他接受高胜福的邀请，到凤凰岭来开辟新的战场。他结合自己多年的治山经验，发挥现代技术的优势，用现代工业机械来治理荒山荒岗。

虽然大型机械的施工作业提高了效率，但是李保国丝毫不敢大意，只要在工地上，他就紧盯工作质量，还亲自进行测量、绘图。他对一起工作的测量人员说："这些数据在纸上只是数字，落实到工程上就是成本，就是钱。一条线画不好，就意味着重大损失。"

为了加快工程进度，工程队在荒岗野地中搭建了五间窝棚式小房。这些简易工棚，冬不避寒，冷起来室内气温能到零下十几摄氏度；夏不防暑，热起来能到四十多摄氏度。高胜福本想让李保国住在县城的宾馆里——按照常人的理解，从城里来的大学教授，怎能让人家受这份罪呢？

李保国却把自己的铺盖卷放到窝棚里，说："我是来干事的，不是来享福的！住在城里耽误时间，还不能掌握第一手资料。我就住在这儿！"高胜福拗不过李保国，只好同意了。

看着那堆满碎石、长满荆棘的荒岗，李保国的倔脾气比石头还硬，他把自己天天"钉"在山上。渴了，就喝几口带来的白开水；饿了，啃上两口冷馒头；累了，就倚着石头歇一会儿。看到有的年轻人不安心工作，他就开导大家说："别看现在是荒岗秃岭，将来漫山遍野会长满果树，这里就是满眼绿色的绿岭！"

挖沟换土，修路打井，改善种植条件，引种薄皮核桃……经过一番治理，曾经满目荒凉的凤凰岭，果然如李保国所憧憬的那样，摇身一变成为集休闲、健身、娱乐于一体的四季游园，是人们向往的绿色公园和天然氧吧。人们都说，李保国用科技为农民打造了"金饭碗"。

石家庄市平山县葫芦峪农业科技开发有限公司

董事长刘海涛，也领教过李保国的倔脾气。

多年前，一心想改变葫芦峪山区面貌的刘海涛，在几千亩荒山上种核桃，投入了四五千万元，可是，树苗种下去以后，却总不见长。他干着急也没办法，整天盯着树苗唉声叹气。直到二〇〇九年，经人介绍，他请来了李保国。李保国走遍整座山，仔细看过之后，劈头盖脸"骂"了刘海涛他们一顿，并一一指出问题所在。听着李保国的批评，刘海涛犹如醍醐灌顶，因为他明白李保国看问题很准，"骂"得很对，李保国简直就是长着点石成金的科技之手的"李财神"。

李保国帮助葫芦峪建立了"山、水、林、田、路"综合治理体系，建成了"大园区、小业主"的新型管理模式，村民年收入由人均不到两千元增加到人均八千元以上。

在向农民传授技术时，李保国的"杠头"劲儿也很足。

有一次，他在培训班讲授疏花疏果的技术。邢台前南峪村党委农业支部书记王晓棠认为："只要果子结得稠，就能多卖钱。把果拧掉太可惜了！"

面对比自己还执拗的王晓棠，李保国发火了。他随手拿起旁边的笤帚，敲着桌子说："在果树管理上，必须听我的，不然我就不客气了！"

事后，人们说："李教授传授给我们技术，不图钱，不图物，图的就是我们高产丰收，我们没理由不听他的。"

还有一次，李保国去葫芦峪检查，发现有个工人在给苹果树拉枝时，侧枝下垂的角度不到位。李保国对工人发了火："看看角度到没到四十五度？必须严格执行制订的标准，不能含糊，差点儿也不行！立即返工重来！"

此时的李保国，看起来凶巴巴的，严格得甚至不近人情。但是，人们最终还是听他的，因为事实证明，听了李保国的总是没错。

李保国的确倔，他说："我认准的事必须这么办，不这么办就不行。"在治山种树上如此，在学术研究上亦如此。

李建安是李保国在中南林学院博士班的同学，他说李保国十分执着、细致，对于自己认准的事情，一定会据理力争，坚持到底。李建安至今依然记得，有一次他跟李保国一起从长沙坐火车去北京，因为一个专业技术方面的分歧，他俩一路争执探讨，一直到在北京下车，引得周围的乘客都看他们。

正是凭着一股子倔劲儿和韧劲儿，经过潜心研究，李保国完成了博士论文《红富士苹果优质无害栽培理论、配套技术及其应用的研究》。二〇〇五年一月，李保国顺利获得森林培育学博士学位。他的导师谭晓风教授认为："李保国的这个课题不仅具有创新性，并且完成速度也非常快。同届的学生中，有的用了八年才完成博士论文。"李保国的这项研究成果，在太行山区大面积推广，为农民增收做出突出贡献，获得河北省科技进步二等奖。

心疼"树孩子"

李保国只生了一个孩子,就是李东奇。而他还有千千万万的"树孩子",那就是长在山间地头的果树。郭素萍曾经嗔怪李保国,说他有时候爱"树孩子"胜过爱自己的亲儿子。

二〇〇八年的秋天,李保国向绿岭公司新招来的技术员传授核桃树修剪技术。他详细讲解了修剪的主要任务、具体方法和注意事项,并爬上树进行示范。之后,轮到学员进行修剪。一个小伙子身手不错,噌噌两下就爬到了树上。

"下来!快下来!"李保国大声呵斥。

小伙子吓得一激灵,忙从树上跳了下来,愣愣地望着李保国,丈二和尚摸不着头脑。

"你怎么穿着皮鞋上树？"李保国指着小伙子的皮鞋说，"鞋底那么硬，踩到树上会伤了树皮。这些核桃树，是咱们辛苦培育的品种，跟自己的孩子似的。你用这么硬的鞋底踩它们，就像踩孩子的皮肉。你不心疼吗？你不心疼，我心疼！"

"对不起，李老师，我错了。"小伙子低着头，看着李保国脚上的解放鞋说。

解放鞋的胶底软，伤不到树皮，所以李保国到基地最爱穿的就是解放鞋。一双双解放鞋，伴着他走过一个个春夏秋冬。

果树是农民致富的希望，也是李保国的命根子。他教岗底村的人们防治红蜘蛛。可是，当红蜘蛛爬满叶片时，人们竟然浑然不觉，因为他们头脑里的红蜘蛛，即使没有指甲盖大，也会有米粒大。盛花期的苹果树上，爬满了金龟子，老农竟然不知道金龟子是害虫，任由它们糟蹋花蕊……

李保国看在眼里，疼在心上，为了那些"树孩子"，他决定做苹果害虫标本展示板，让大家更加直观地分辨出哪些是害虫，哪些是益虫。

苹果树的害虫可不少，常见的也有好几十种。

要捉到这么多害虫做标本，可是一件费心费时费力的事。

为了那些"树孩子"少受侵害，李保国不怕辛苦不怕累，每天晚上拿着手电筒去托梦沟，因为托梦沟安了两盏黑光诱虫灯。

从李保国住的村子到托梦沟，有三千米的距离，都是盘山土路。深更半夜，黑灯瞎火，既不能开摩托车，也不能骑自行车，因为稍不小心就会掉进路边的深沟里，所以李保国只能步行。

黑光灯下面放着一个桶，桶里盛着可以杀死害虫的液体农药。李保国守在桶的旁边，手里拿着捕虫网，看见害虫飞过来，就用捕虫网将害虫捉住，放到带来的瓶子里，回去后做成标本。

山上树多草多，蚊虫也多，李保国的脸上和胳膊上被蚊子叮，被虫子咬，起了好多包，痒得钻心，李保国经常忍不住挠，常常挠得流出黄水来。

蚊虫叮咬不算大事，如果晚上遇到蛇，那才可怕呢！那天晚上，李保国正往果园里走，耳边传来一阵咝咝声，好像风擦过树叶，又像……对，又像蛇在草上匍匐而行。他立即警惕起来，一边用手电筒四处扫射，一边机警地观察周围。

一条一米多长的大蛇，从草丛中蜿蜒而过，距离李保国仅有半米远。望着蛇钻进草丛深处，李保国惊出一身冷汗，而后继续向黑光灯走去。

二〇一三年四月十九日，晚间新闻的天气预报说，石家庄以南地区今晚将有大雪。李保国正在保定的家里，看到这一消息，他噌地从沙发上站了起来，立即拨通岗底技术负责人杨双魁的电话，告诉他要时刻注意气温变化，做好预防冻害的准备。

四月，正是苹果树的盛花期。岗底，那漫山遍野的苹果树，正满树绚烂，繁花似锦。此时如果遭遇冻害，将会影响果农一年的收成。李保国在家里坐立不宁，恨不得生出双翅飞往岗底。

"双魁，你那边的气温是多少？果园熏烟的柴草准备好了吗？"晚上十点，李保国打电话追问。

到了十二点，李保国再次打电话给杨双魁。当得知气温已降到零摄氏度，他便指挥杨双魁说："点火吧，不能再耽搁了！"

夜半时分，万籁俱寂。李保国丝毫没有睡意，他在琢磨如何降低大雪对果树的影响，如何保住果农的收益。深思熟虑之后，他再次拨通杨双魁的电话，告诉他明天要抓紧时间做的两项工作：一是去果园摇树除雪；二是购买花粉，实施人工辅助授粉。

郭素萍已经睡醒一觉，发现李保国还坐在客厅里，就说："你睡会儿吧，我帮你听着手机。"

李保国这才和衣而睡。朦胧中，他似乎来到了岗底村，正和果农们一起熏烟，一起除雪，一起给苹果花授粉……

天刚蒙蒙亮，李保国就拉着郭素萍启程了。

郭素萍看着驾车疾驰的李保国，知道他的心早已越过皑皑白雪，飞到了果园里，飞到了那些"树孩子"身边。

李保国如此爱惜果树，有个重要原因，就是这些树由农民的汗水浇灌，寄托着农民的希望，承载着农民的幸福。因为措施及时得力，岗底村的苹果树没受这场冻害影响，实现了丰收。

在李保国眼里，那些树真的像自己的孩子一样。他爱树，胜过爱自己，甚至像郭素萍嗔怪的，他爱树，有时候胜过爱自己的孩子。

但是，李保国的爱不是盲目的。比如，在果树整形修剪上，有时村民们舍不得锯掉枝杈，李保国急得跟大家直嚷嚷。看到李保国真急了，人们才乖乖地按照他的要求来做。

保康县是湖北省的一个山区县，县里确定以发展核桃产业来扶贫，任命陈永高为核桃产业领导小组办公室主任。陈永高多方联系，请来李保国帮助他们发展核桃产业。

县里有个黄龙观村，村里有个农民种了十亩核桃，产量低，质量差，价格低。李保国来到他的果园帮他找原因，发现他栽种的核桃树密度大，建议他伐掉一百多棵树。望着辛辛苦苦培育大的核桃树，他死活不同意。

李保国苦口婆心地劝他："鸡多不下蛋，人多瞎捣乱。同样的道理，果树种得密度大，不透风，影响采光，坐果率低，质量上不去。你按我说的办，保你产量翻一番。"

间伐掉一些树，树变少了，产量还能增加？农民将信将疑。

站在一旁的陈永高说："听李教授的话没错。

产量达不到的话，县核桃办赔你！"农民这才答应。

　　秋天，是丰收的季节。望着个头儿大、果仁饱满的核桃，那个农民开心地笑了。他心想，幸亏当初听了李保国教授的话。

我们有教授亲戚

一辆车行驶在盘山公路上。山路蜿蜒,一边是陡峭的山崖,一边是深不见底的山涧。顾玉红坐在车内,心跳加速,头晕目眩。她想看下面的深渊,可又不敢看。

车子千万不要掉进山涧啊!她在心中默默祈祷。

顾玉红是李保国带的第一个硕士研究生,这是她第一次跟随李保国到山区的工作点,去实地调查和实践。漫长而颠簸的山路,加上早晨出发得早,她肠胃里早已翻江倒海,大脑里还担心着行车安全。她晕车了。

李保国目视前方,淡定自若,好像车子行驶在平原坦途。

"李老师为什么不害怕呢？"顾玉红小声地问旁边的同学。

"我在盘算今天要干什么，先去谁家的果园，再去谁家的果园，哪有时间害怕？"李保国听到顾玉红的问话，对她说："你心里装满这些事，就不会被其他的事干扰。"顾玉红牢牢记住李老师的话，后来再走盘山路，她果然不害怕了。

的确，李保国的心里，装满的是百姓的脱贫致富，是别人的安危。一九八三年冬天，白雪覆盖的太行山上，一场治理荒山的战斗正在进行。年轻的李保国跟同事们一起，像当地的农民一样，靠着锤子、斧子、镐头、铁钎，像寓言故事里的愚公一样，在与大山做斗争。

一九九六年，一个写在香烟纸盒上的字条，将李保国与受灾的岗底村紧密地连接在一起。从此，开始了他们长达二十年的友谊之路。

李保国说："我见不得老百姓受穷！"

为了提高苹果的产量和质量，帮助果农增收，李保国手把手教人们给苹果套袋。可是，因为之前

我们有教授亲戚

果农使用不成熟的套袋技术吃过亏，人们死活不愿意在套袋上投资。李保国见状，自掏腰包买来十六万个纸袋，免费送给人们。尽管如此，也只有八万个纸袋被领走。李保国心里急，但嘴上没说什么，他知道，事实胜于雄辩。

秋天，收获的季节来了。套袋的苹果不仅个头大，颜色鲜艳，口感还好，品质上乘，深受消费者喜爱，果农一亩地能多收入三千多元。事实就是无声而有力的宣传。第二年，果农自己花钱买了一百六十万个苹果袋，第三年买了一千八百万个，增收九百多万元。

在脱贫致富的路上，为了不让任何一个农民兄弟掉队，李保国可谓煞费苦心。

梁山林生活比较困难，三十七岁还是个光棍汉。李保国得知这一情况后，找到梁山林家，笑着劝他承包几亩果园。起初梁山林不乐意，一是因为他没有技术，二是因为他看到之前种苹果的也没致富。李保国鼓励他说："不懂技术不会管理不要紧，我教你，赔了算我的，挣了钱是你的。你看咋样？"梁山林第一次听到如此贴心的话，默默流下了眼泪，他终于下定决心承包了四亩半果园。

什么时候该剪枝、浇水、治虫、疏果、套袋，李保国都提前一天通知梁山林。梁山林起早贪黑，还跟着李保国学会了刻芽、环割、扭枝等技术。功夫不负有心人，梁山林的果园一年比一年长势好。他后来又承包了一亩半果园，加起来共六亩果园，一年收入十五万多元。梁山林娶了妻，住上了楼房，买了车，还购置了店铺。

村民刘春林带头将板栗园改种苹果，要给苹果树施基肥，需要一千五百多元。当时他家里条件较差，一时拿不出这么多钱，也不知道去找谁借，一时犯了难。李保国说："有我在，施基肥的事，你就放心吧。"

刘春林半信半疑，结果第二天，他需要的肥料就送到了果园里，刘春林感动得不知说什么好。

李保国自掏腰包买了多套修剪果树的工具，常年放在后备厢，谁需要就送给谁。他对妻子郭素萍说："咱们知道哪儿有卖工具的，知道哪个好使，省得他们跑冤枉路，图个大家方便。"

李保国心里装着农民，农民也把李保国当成

亲戚，甚至家里人。谁家做了好吃的，只要李保国夫妇在村子里，都会想着去喊他们来家里一起吃饭。

一天上午，李保国从岗底村开车要赶回保定参加一个学术会议，在内丘县摩天岭村边遇到堵车。李保国心里焦急，就下车去看情况，发现是一辆重型卡车出现故障堵在路中间，附近却没有汽修店。

车越堵越多，一些村民围过来看热闹。围观的人中有位老汉，他上下打量着李保国问："你是河北农大的李保国教授吗？"

"是啊。老人家，有事要帮忙吗？"

"哎呀！李教授，终于见到你啦！"老汉激动地说，"我闺女婆家是白塔村的，离岗底村二里地。是你帮助我闺女、女婿发家致富，他们一回家就夸你。今天总算见到真人啦！"

老汉听说李保国正急着赶回保定参加一个学术会议，就说："快把我家院墙推倒，让李教授的车过去！"

没容李保国阻拦，几个人一拥而上，将路边土坯墙围成的农家院扒开一个三米多宽的缺口。

　　李保国过意不去,想要给老汉一些补偿,被老汉严词拒绝:"你为百姓们做了那么多好事,从来不收一分钱。我要你的钱,让乡亲笑话!"

雷厉风行的专家

李保国有记日志的习惯，字写得不多，三言两语，自己明白就行。日积月累，十几本日志像士兵一样，整齐地排列在他家的书橱里，守护着主人的过往。它们虽然新旧、大小、厚薄各异，却都是记忆宝库，珍藏着主人的足迹与汗水。

这是一本标注为二〇〇七年的日志，随手翻开，一行行遒劲的字映入眼帘：

8月19日，请专家现场检测。
8月20日，到南沟。
8月21日，回保，体检。
8月22日住院。

9月1日出院，下午到石家庄。

9月2日，上午到临城，下午到邢台。

9月3日，评审核桃标准（2个）。

……

从这本日志中，不难发现一个问题：这次体检之后，李保国住院了。因为这次体检，李保国曾经埋怨过郭素萍："偏让我来检查，本来好好的，看，一检查，查出毛病了吧？"

郭素萍听了哭笑不得。

在住院期间，李保国也闲不住，农民的咨询电话一会儿一个。稍微有点儿空闲，他就问大夫什么时候能出院。他的人被关在病房里，心早已飞了出去，飞到了山上，飞到了田间，飞到了果园里，飞到了农民中间，飞到了他关心的每一寸土地上。

一九九八年，李保国被查出患有糖尿病；二〇〇七年，被确诊为疲劳性冠心病，心脏百分之七十五的血管狭窄。按照医生要求，他应该住院治疗，并尽快手术。可是，他嫌住院耽误事，怕术后不让他下地劳动，于是，他选择了保守治疗。

这是一本二〇一二年的日志，上面写道：

6月6日，与雪梅去涞水。

6月7日，本科生毕业答辩。

6月8日，与郭到绿岭，到富岗谈节水灌溉。

6月9日，到衡水。

6月10日，返回邢台。

6月11日，邢台到绿岭后到辛集，看泊庄受害梨。

6月12日，上午到泊庄，下午休息。

6月13日，休息（心脏不好）。

……

在李保国的日志中，这是第一次出现"休息"二字。而这休息，却是因为"心脏不好"。

用"马不停蹄"来形容李保国一点儿也不为过。他常常上午在一个地方查看苗圃，下午又到了另外的地市查看病虫害情况。他像一匹与时间赛跑的骏马，又像一台日夜转个不停的机器。他在日志中惜墨如金，其实是为了将更多的时间用在工作上。

李保国是个快节奏的人，说话办事利索，不拖泥带水，更不喜欢在吃饭喝酒上浪费时间。

李保国刚到岗底村时，村干部们暗地里商量着想请他吃顿饭，怕他不答应，就说请他吃菜水饺。李保国好奇菜水饺跟水饺有什么不同，就答应下来，还嘱咐说越简单越好，因为手头还有活儿要干。

当李保国看到饭桌上有酒有菜时，他铁青着脸说："我不是被你们请来吃吃喝喝的！"说完扭头就走。其他人只好悻悻散去。

二〇〇〇年，学校组织博士团到一个县去做技术指导。当时李保国已经声名远扬，当地的主要领导想请他吃饭。李保国说："吃饭可以，但是最多半小时。超过半小时，我就走人。"

李保国非常珍惜时间，他将在吃饭、游玩上节省下来的时间，全部用在工作、科研和教学上。

二〇一五年四月九日上午，春雨霏霏，滋润着大地。李保国开着越野车，冒雨查看了几个果园的长势。中午，他独自坐在路旁的饺子馆，吃了四两水饺。李保国爱吃饺子，他认为吃饺子最简单，一口下去，饭菜都有了。

简单用过午饭，李保国驾车赶往南和县至高点公司。他跟该公司的负责人和徒弟李迎超约好两点见面，查看他们的清洗室、配药室、灌装室、灭菌室、培养室等场所及设备的情况。李保国提出了许多改进意见。

这时，李保国的手机响了，是宁晋县的牛兰福打来的。牛兰福是红树莓的种植大户，他说他的红树莓可能害了病，主干和叶子发黑干枯，想请李保国有空的时候来看看。李保国一听，马上就要赶往宁晋。

从南和到宁晋有一段路要赶，天又下着雨，人们劝李保国等雨停了再走，正好稍微休息一下。

"那可不行！"李保国斩钉截铁地说，"我担心是根腐病。这种病传染快，去晚了，农民损失可就大了！"

"也许不是根腐病呢。"

"不怕一万，就怕万一。"李保国的心提了起来，如果不尽快看到生病的红树莓，他会心急如焚。

李迎超了解老师的脾气，出于安全考虑，他们决定陪同李保国一起赶往宁晋。

细雨蒙蒙，天地苍茫，车不敢开得太快。李保国心里急，额头上冒出细密的汗珠，仿佛车外的雨飘落在了他的头上。

终于来到牛兰福的红树莓基地。牛兰福正拄着一把铁锹，站在地头，抻着脖子张望。他看到李保国时，就像黑夜里忽然发现了灯光，两眼马上燃起希望的光亮。

李保国拿过牛兰福手中的铁锹，抬腿就往地里走。

当地人管这里的土地叫胶泥地，湿了软塌塌，干了硬邦邦，不湿不干黏糊糊。李保国刚走两步，鞋子就被胶泥粘住。他抬起脚来，想把粘在鞋底的泥巴甩掉。嗖！鞋子跟泥巴一起向前飞去，啪嗒一声，落到胶泥地上。

李保国单腿站立在胶泥地里，不敢动弹，幸好有铁锹可以扶一把。他咧嘴笑着，看着李迎超把甩出去好几米远的鞋子捡回来。

在李迎超的帮助下，李保国终于穿上了鞋。他挖开几棵害病的红树莓，仔细查看根部，确诊为根腐病。李保国指导牛兰福用过氧乙酸灌根，以防病势蔓延。

天色将晚，牛兰福想请李保国到县城吃饭。李保国头摇得像拨浪鼓："你赶紧给红树莓灌药，我还要去临城，看看核桃基地咋样了。"

雨雾迷蒙，越野车载着李保国等人消失在越来越浓的夜色里。

永远的"小学生"

红彤彤的苹果,像一个个红色的灯笼挂满枝条。树下,是人们的笑脸。那笑容,美,胜过二月花;甜,赛过纯蜜糖……

李保国站在苹果树下,憧憬着那美好的景象。唉!他悄悄叹了口气。

大多数苹果有阴阳面,向阳的一面被太阳晒得红红的,背阴的一面青绿着。为了让苹果颜色好看,口感更佳,他教会农民转果,还教大家摘除遮盖果子的树叶。可是,果子朝下的一面,还是无法得到阳光的照耀。

李保国踯躅于苹果树间,一道亮光晃了一下他的眼,又倏地消失。

哪儿来的光呢？他向着光出现的地方走去。

亮光再次闪过。李保国加快步伐，看到前面有个小男孩，手里拿着一面镜子，正对着阳光照呢。

"孩子，你真会玩啊。"李保国走到男孩身边，笑着套近乎。

"这可不是玩！"男孩认真地说，"我在借阳光驱赶鸟儿。爷爷，你看那些鸟，老来啄果子！"

李保国看着男孩和他手里的镜子。镜子在太阳光的照射下，反射出一道一道光，驱赶着来啄果子的鸟儿。

李保国一拍大腿，高兴得差点儿蹦起来。男孩纳闷地看着他。

"谢谢你，孩子！"李保国边说边往口袋里摸索，他想送给孩子一点儿东西，以表谢意。不巧的是，口袋里除了一副磨得快破的棉线手套、一部半旧的手机和半页写了字的纸以外，并无他物。他蹲下身子，双手扶住男孩的肩膀，连续说了三声"谢谢"，还说："你是我的老师呢！"

男孩惊诧地看着李保国。

李保国笑盈盈，起身走出果园。他急着去查

资料。

果然，李保国查到一篇介绍用反光膜使苹果底面着色的资料。他很开心，笑得嘴都合不拢了。

男孩的一个举动，激发了李保国的灵感，一查资料，竟然还有科学方法支撑，这难道不值得他乐呵几天吗？

经过多方联系，李保国找到了反光膜生产厂家，立即购买了一百公斤反光膜。

李保国是大学教授，是林果专家，但他虚怀若谷，可以俯下身子向小孩学习，更是经常向同事请教，甚至会跨学科跨学院学习。他在大学时学的是蚕桑，可后来却成为苹果、板栗、核桃、红树莓等果树的培育专家。对于常人来说，能研究透一种果树就很了不起了，李保国却先后研究了好几种，而且研究一个成一个，形成了产业，富裕了人们。

有人问李保国："你在岗底研究苹果，有了收获，总结了经验，出了名，现在又要研究核桃，给自己增加困难不说，还冒着风险呢，万一研究不成，不怕影响你的名声吗？"

李保国回答说："老百姓不能只通过一种水果

致富，如果不另辟一条致富途径，他们冒的风险比我大！"

正是出于这种考虑，李保国才会在五十六岁时开始涉足红树莓产业。之前，红树莓仅在东北地区有规模化种植，但是推广面积小，可以借鉴的经验少，对于李保国来说，这是个全新的产业。

万事开头难。既然决定做，就要做出个样子来。李保国带着研究生访遍东北三省的红树莓种植基地，掌握了重要的第一手资料。他们买来近二十万株根蘖苗木，栽到三百亩地里。

李保国意识到，田间管理是重头戏，他每个周末都来基地观察苗木情况，一待就是三四个小时。他叮嘱技术员："不懂就要问，发现问题，及时反映，早发现，早预防。"

果然不出所料，许多苗没有发芽。李保国仔细分析对比苗木原产地和基地气候条件的差异，提出了解决办法。后来，又遇到各种技术难题，他都一一攻克。他建议建立自己的组培实验室，从而解决从外地购苗时出现损苗的问题，还能向外输出苗木。

不断创新的李保国，既是大教授，也是永远的"小学生"。

一方面，李保国对自己掌握的知识和技术充满自信，所以经常要求别人听他的；另一方面，李保国经常保持"空杯"心态，对未知领域充满好奇，心怀创新的愿望，敢于挑战自我。这个"自我"既包括他已有的知识和技术，也包括他的荣誉、尊严和地位。

杨双魁是李保国带出来的得意弟子，李老师的话对他而言简直就是圣旨。二〇〇九年十月的一天，杨双魁接到李保国的电话，说有果农反馈，某市生产的喷施型氨基酸肥效果不错，让杨双魁跟厂家联系一下，明年在岗底大面积推广使用。

杨双魁很听话，立即通过村委会的大喇叭进行广播，许多果农闻讯而来，积极报名。杨双魁开始联系厂家，想要订货。可是，厂家却让他找在邢台的代理商。杨双魁想，从代理商手里拿货哪如从厂家直接订货便宜？他想赶到厂家面谈，厂家却以规模小为由拒绝了他。杨双魁马上提高了警惕，怀疑这种氨基酸肥的品质是否可靠。

这天下午，果农杨建林找到杨双魁说，春天的时候，他在林业局的推荐下，买了一小桶这种氨基酸肥做实验。苹果个头倒是大了，但是很不好吃，不清脆，甜也不是正经甜。他领着杨双魁来到自家的果园，让他尝尝用过这种肥的树长出的苹果。

果然如杨建林所说。

可是，这种肥是李保国老师推荐的，怎么跟他说呢？不用这种肥，得罪老师；用了这种肥，影响苹果的质量，损害岗底苹果的口碑和果农的利益。杨双魁犯了难。

想来想去，他决定拖着不办。

后来，李保国打电话催问这事，杨双魁以正在联系为名推托。李保国一听就火了："一个多月了，这点小事都办不好？！你本事大了，连老师的话也不听了！"

杨双魁知道李老师是个爱较真儿的人，只好如实汇报。

李保国不大相信，因为他得到的消息是施用效果很好，怎么到了岗底就不行了呢？他特意开车来到岗底村，带着杨双魁直奔杨建林的苹果园。经过仔细品鉴，李保国非常诚恳地向杨双魁道歉："是我错怪你了！"他还说："老师是人不是神，也有不懂、不会，甚至犯错误的时候，不要因为我是你的老师就不敢纠正。要尊重事实，在事实面前，我是小学生。不能因为我的推荐，砸了'富岗苹果'的招牌，影响了乡亲们的收益！"

爱管"闲事"的大忙人

既要教学，还要搞科研，更要管驻点的基地，李保国是个真正的大忙人。可是，这个大忙人有时候特别爱管"闲事"。

有一次，李保国开车从保定去内丘县岗底村，路过一个苹果园时，看到里面围了一群人。这是干什么呢？莫非遇到了问题？李保国把车停到路旁，大步流星地进了果园。

人群的中心，站着一个年轻人，正滔滔不绝地给果农们讲苹果树的摘心管理技术。李保国侧耳听了一会儿，不禁皱起了眉头。

"老哥，这是从哪儿请来的技术员？"李保国问身边的老汉。

"听说是从内丘县岗底村来的。你也知道岗底吧？那儿的苹果质量好，卖的价高。听说一个叫李保国的大学教授在他们那儿蹲点，培养了好多农民技术员，他就是其中的一个。"老汉说着，眯着眼睛打量着李保国，"你也有果园吧？是来请技术员的吧？"

李保国咧嘴笑了笑，点着头说："嗯嗯。"老汉把他当成了果农，他心里感觉很美。

老汉热情地说："好好听，有用。李保国教授带出来的徒弟，还能差？"

"哈哈！"李保国忍不住乐出了声。他要求严，徒弟的技术当然过硬。可是，听这个年轻人的讲解，他有种陌生感。于是，李保国绕过前面的两个人，想要看个究竟。

这时，有人提问："为什么新梢去掉顶尖后就会形成花芽？"

为什么呢？年轻人挠着脖颈答不上来。

"我来告诉你吧！"李保国侧身挤到年轻人身边。

人们的目光唰地落到李保国身上。他是哪个村的？也是技术员？他来这里干什么？果农们用疑惑的目光打量着李保国。

"嗨，你不是来请技术员的吗？"刚才跟李保国搭话的那个老汉冲着李保国喊道。

李保国笑了笑，开始解答年轻"技术员"回答不上来的问题。随后，人们又问了几个问题，李保国都结合实际一一作答。太阳晒得他额头上冒出了汗珠，他都顾不上擦一把。

看他说得头头是道，而且很耐心，人们又问他是哪个村的，请他当技术指导需要多少钱。他告诉大家，他是李保国，他给农民讲课一分钱也不要。

"李保国不是很有名的大学教授吗？大学教授讲课不是收费更高吗？"

"对呀，刚才的年轻技术员还要一百块钱呢！"

"还要好吃好喝管他一顿饭呢！"

"他人呢？"

果园里充满了人们的质疑声。那个年轻人早已不见了踪影，原来，他趁李保国解答问题时溜走了。

人们想要留下李保国吃饭，被他拒绝了，因为他还要去岗底村。他把自己的电话号码留给大家,说:"以后遇到难题,需要帮忙的话,尽管给我打电话。"

人们很感动,一直把李保国送到路边,看着他开车上路,直到汽车消失在路的尽头,还不舍得收回目光。

有一次,初春的一天,他去看望实习的学生们,遇到一些村民在栽苹果树。他走到田间,瞅了两眼便说:"来来,我给你们说说,栽苹果树的时候,要注意不能栽得深喽,栽深喽缓苗慢。"

人们看他说话实在,就问他是谁、哪里来的。李保国报出自己的单位和姓名,人们顿时惊讶了:"原来你就是电视上报道过的李保国啊!难怪眼熟呢!你取得了那么大的成就,真了不起!"

李保国反而有些害羞,说:"那都是大家的功劳。你们就按我刚说的办,准没错。"

除了睡着时,李保国的心几乎没有闲着的时候,不管是分内的,还是分外的,只要跟百姓利益有关的,他都不会坐视不管。

有一次,他遇到一个老汉要把种蘑菇废弃的

培养料带回家，用到果园里当肥料，他赶紧拦住："这个不能用！我做过样品检测，不能直接施在果园里，要经过科学处理才能再用。"老汉开始不服，当得知他是李保国时，才听话地放弃了免费的"肥料"。

有人劝李保国："院士是一个科学家的珠穆朗玛峰，把你的心思稍稍分一些在个人事业谋划上，说不定就能登上顶峰。"

李保国拍着对方的肩膀笑了，说："谢谢提醒。一个人的价值，有多种体现形式。对我来说，当院士是未知数，搞技术让更多的老百姓摆脱贫困是已知数，我参与其中并能做出贡献，更有意义。"

李保国爱管百姓的"闲事"，可是，跟他自己的生活有关的柴米油盐、亲戚往来等"闲事"，他却一股脑儿地甩给了妻子郭素萍。他常说："我用不着花钱，要那么多钱干吗？有吃有喝就行了。"因为他根本不需要经手钱，居家过日子的一切花销，全靠郭素萍一手打理。李保国在家排行老大，孝敬老人和帮扶弟弟妹妹，里里外外都是郭素萍操心。

对此，李保国当然心知肚明。只是他不善于表达，也没有时间去跟自己的工作搭档、生活伴侣花前月下，甜言蜜语。他在日本做访问学者期间，郭素萍应邀去日本半个月，还带上了岗底村苹果管理中心的主任杨双奎。在这半个月的时间里，李保国带着他们看日本百岁的富士苹果树，研究它们是如何长寿且结果丰硕的，却没有抽出时间去游览富士山。他对郭素萍他们说："来，就是为了学习的。"

李保国虽然是个倔脾气，看起来大大咧咧，但他把郭素萍所做的一切全都看在眼里，一直心存感激。在他心里，郭素萍占有非常重要的位置。他和郭素萍一起过马路的时候，总会拉住她的手，说："慢点，看车。"虽然他的语气硬邦邦的，心里却是实打实的关心与体贴。两人一起外出时，如果遇到雨，又恰巧只有一把伞，李保国总会伸着胳膊撑住伞，用伞遮住郭素萍，自己大半个身子却淋在雨中。

一道都不能少

夜幕四合,群星如钻,晚风习习,虫儿们在草丛中低吟浅唱。款步于这样的夜晚,心情应当万分舒畅。然而,李保国心中却有着比夜色浓上千百倍的忧思。

"苹果丰收了,你有什么不开心的?"走在丈夫身边的郭素萍察觉出李保国心中的不安。

"唉!"沉重的叹息仿佛一声雷,听得郭素萍心生几分忐忑。

"前面学,后边忘,还不能责备他们。我们又不可能日夜守在这里,毕竟还有更多的事情要做。你说,怎样才能让大家牢牢掌握苹果的生产管理技术呢?"李保国望着郭素萍——这位多年来一直跟随自己转战各地的工作战友和生活伴侣，说出了自己的忧思，"我们得想出一个好办法，让大家在苹果生产管理上看得明白，听得懂，记得住，会操作，什么时间该干什么一目了然，不管我们在不在这里，他们都能独立应用。"

"你是打算用车间的规范化的流程来教大家管理苹果树，对吧？"郭素萍沉吟片刻，说出自己的理解，"授之以鱼，不如授之以渔。"

"对，就是这个意思！"李保国不禁伸手拉住郭素萍的手，激动之情溢于言表。星星知我心，爱人比星星更懂自己啊！李保国很想给郭素萍一个深情的拥抱。

说做就做，雷厉风行是李保国一贯的工作作风。他和助手们对岗底村红富士苹果的种植管理流程和经验进行了系统梳理，利用晚上的时间把村干部和技术骨干叫到宿舍，一起商量，一起琢磨，终于将生产过程的各个环节纳入标准化生产和标准化管理轨道，形成了通俗易懂的一百二十八道生产工序。

这一百二十八道工序中，分栽植、幼树期管理、结果期管理、盛果期管理四个阶段。每道工序都用简明易懂的语言来表述要做什么、怎么做,甚至告诉大家为什么这样做。

比如,关于第二道工序——"修建排水系统",是这样写的:山坡上的苹果园在整地的同时,横向每隔八十至一百米修筑一条纵向排水沟。排水沟要用石头和水泥砂浆砌成或水泥石子砂浆浇筑,长久耐用,既可排水,又能灌溉,还可行人。

"新栽幼树在发芽前进行定干,方法是剪去幼树顶端部分,留干高度九十至一百二十厘米。"这是对第十三道工序——"幼树定干"所做的说明。

在这一百二十八道工序的表述上,李保国力争用百姓的口语来表达,尽量避免使用学术用语。他说:"文绉绉的,百姓能听懂?即使能听懂,老百姓也不喜欢那种腔调。"

所以,在规范这一百二十八道工序时,李保国不但严把工序技术关,还严把语言文字关。

经过一番努力,科学的管理工序诞生了。李保国对岗底村的杨双牛说:"有了好的管理方法,以后咱们村日子好过了,咱这一百二十八道工序可别光在兜里掖着,你要在媒体上公布,让咱们太行山里每一个种苹果的乡亲都富起来！"

"您说得对！一花独放不是春，百花齐放春满园。"杨双牛爽快地答应了，凡是来取经的，他们都毫不保留地教给人家。

这一百二十八道工序，每一道看起来简单，但是，真要按部就班地去做，有的人会有偷懒和侥幸心理。

举个例子。第五十八道工序是"采集花粉"，这道工序要求将采集的花朵的花药取下，放在洁净干燥的纸上，通风晾干，然后收集到小瓶中冷冻保存，以备人工授粉使用。

乍一听，采集花粉活儿不重；一上手，却发现原来是个精细的事，其中有许多需要注意的要点。一是采集时间应该在大气球期，即花蕾分离期到初花期，这时的花蕾已经分离膨大但尚未开放，花粉粒发育充实，利于授粉；二是应该选择在上午天气干燥、花朵上无露水时进行，否则会影响花药的晾晒；三是采花的原则，要选择与栽培品种亲和力强、花期相近且花粉量大的品种；四是对采回的花要先拨开花瓣将两朵花心对磨，使花药落在铺好的油光纸上,再通风晾干,收集到小瓶中冷冻保存备用。

花粉采集工序细碎,采集成功的花粉在冷冻的条件下一般可以保存一年,但是不宜长期保存,否则花粉中的生物活性物质容易失效。最近几年风调雨顺,没有出现过果树不易授粉的坏天气,采集的花粉派不上用场。基于这个原因,有的人就想省掉这一环节。

村里的杨老汉就是这样想的。他不但偷懒不去采集花粉,还在村里说起风凉话,四处嚷嚷说这道工序没必要,城里来的教授也就只有那么两下子。

然而,天有不测风云,正值苹果树开花授粉的关键期,出现了连续雨天。如果错过授粉关键期,将会影响一年的收成,所以果农们开始人工授粉。

杨老汉手头没有花粉,急得团团转。他让儿子从网上购买花粉,网上却无货。杨老汉急得恨不得抽自己耳光,都怪自己不听李老师的话!他想去找乡亲们借花粉,可是因为他曾经四处说风凉话,此时觉得丢尽了脸面,无法跟乡亲们张口,可不去借又不行,无奈之下只好让儿子去借。

人们采集的花粉的量，基本跟自家的果园需求持平，谁家也不会采集太多。杨老汉的儿子跑了整个村子，凑来的花粉刚够两亩果园用，还有一亩多果园无粉可授。因为这件事，杨老汉的果园减产四成。

"你们得听我的！"李保国听说这事之后，气得小胡子一翘一翘的。他辛辛苦苦做出来的一百二十八道工序，是一道都不能少的。看着果农因不听话而减收，他是既生气又心疼。

第一百零二道工序是"叶片营养分析"，要求"七月中旬叶片充分成熟后采叶，以备进行叶片分析。叶片能及时准确地反映树体营养状况，可以利用叶片分析数据指导施肥。采摘叶片时，应注意分园分片，不要在一个果园或一棵树上采叶，确保科学性和准确性"。

工序里讲得很明白，还是有人不按要求做，当叶片大面积变黄之后，才心急如焚去找李保国请教。李保国告诉他，这是缺铁造成的，得赶紧采取补救措施。他还说，治不如防，有再好的刀枪药，也不如不拉口子。

中国来的"李先生"

二〇〇六年六月的一天,天气晴朗,日本信州大学的研究者崔同驱车赶往成田机场,去迎接他的同事李保国。李保国要来日本信州大学做为期半年的访问学者,专门考察长野地区的苹果树种植管理。

二人相见甚欢,无拘无束地畅谈了一路。等将李保国带到住地,打开行李箱时,崔同不禁惊讶地瞪圆了眼睛,因为行李箱里竟然有半箱子是药!他这才知道李保国的糖尿病已经很严重了。

崔同开玩笑地对李保国说:"你跟伴野先生同病相怜,这下更有共同语言了。"他努力用轻松的气氛来掩饰内心深处的担忧。这一天,伴野先生因糖尿病并发症正在医院做视网膜手术。

伴野先生就是当时信州大学农学部唯一搞果树研究的伴野洁教授。那时他的糖尿病已经非常严重，常常影响日常工作。崔同就是征得他的同意后才邀请李保国来做访问学者的。

在以后的日子里，崔同尽量多抽出时间陪李保国锻炼身体。他们一起登山，攀上驹岳峰顶俯瞰大地，一起去横川峡谷看红叶，一起去大芝庄泡温泉……李保国的气色渐渐好了起来。

在日本的大学里，研究室和试验田的使用权限是从上到下逐级递减的。也就是说，新入研究室的人，通常只能做些最基本、最简单的事，如果没有上面的指令，他们是不能随意使用研究室和试验田的。

现在的情况是，伴野先生因为身体原因很少来研究室和试验田，研究室的几个学生多半在自主学习，试验田则处于半荒废状态。

虽然李保国是访问学者，但是对信州大学、对长野来说，他属于"新生"，应该保持沉默，听从指挥。可是，李保国见不得试验田荒废，下车伊始便询问试验田荒废的原因。他了解情况后,便结合自己掌握的知识,向研究室提出了改变试验田现状的办法和措施。

研究室要出现第二位"先生"了吗?研究室的学生们看着振振有词的李保国,感到很震惊。这位中国来的"农夫"竟敢破坏日本大学里不成文的规矩?

李保国学养丰厚,专业技能突出,将各类知识融会贯通,思维清晰,逻辑缜密,出口成章,他再次震惊了在场的学生。很快,李保国赢得了伴野先生的赏识和信任,伴野先生称他为"李先生",这在讲究论资排辈的日本大学研究室并不多见。

由于伴野先生身体的原因,研究室的一些成果未能及时发表。怎能让学术资源荒废呢?热心肠的李保国开始不辞辛苦、不分昼夜地阅读大量日文资料,帮助伴野先生整理调查数据,并将稿件投给日本园艺学界水平最高的期刊——《园艺学杂》。论文很快被刊发。

作为访问学者,李保国没有硬性任务,可他不想荒废时日,于是坚持勤奋研读,半年之内竟然完成了多篇日语学术论文，有的还在日本学术年会上受到奖赏。

李保国将自己从国内带来的治疗糖尿病的药品分享给伴野先生，还给他讲控制糖尿病发展应该注意的事项。李保国的人品和对学术的态度，深深打动了伴野先生。在李保国回国之前，伴野先生虽然在病中，却亲自驾车，自费带李保国参观考察了长野周边的典型水果生产基地。

伴野先生跟中国来的"李先生"已经建立了深厚友谊。李保国也对伴野先生念念不忘，回国后还给他邮寄治疗糖尿病的药。

在日本期间，李保国还结交了一位朋友——伊那市的伊藤老太太。

伊藤老太太当时八十五岁，有腿疾，刚做了手术，行动不便，脾气还不好，亲生的儿女都在外地，除了给她寄钱，他们始终不肯与她见面。伊藤老太太的住宅宽敞，她想让留学生免费住她家的二楼，为的是有人跟她做伴。但是，留学生们宁愿多花钱，也不愿跟她住在一起，生怕惹上麻烦。这位耄耋老人只好孤独地生活。

起初，出于对李保国教授身份的考虑，伴野先生曾为他联系了一套较为体面的住房，每月租金四万日元。李保国不想把单位的钱用在住房上，自己调换成租金不到两万日元的小住宅。他听说伊藤老太太的事情之后，便欣然答应搬到她的家里，虽然那儿离他学习的地方远了许多。

这一次，李保国不是为了给单位节省住宿费，而是觉得一位孤独的老人需要人帮助。就这样，在其他留学生惊诧的目光中，李保国搬到了伊藤老太太家。

在学习之余，李保国帮助老太太料理家务，养护植被，还陪她去看病，陪她散步，陪她吹风看云。

李保国对伊藤老太太的身世也日渐明了。她本是中国人，老家在湖北武汉。战争年代，她嫁给了一个日本人，后来跟随丈夫来到日本定居，改姓伊藤。她的夙愿就是在有生之年能回到故乡看一看，算是她此生与故乡的最后一次告别。

李保国的一举一动，伊藤老太太都看在眼里。有一天，她把李保国叫到身边，将一个盒子交到他手中。李保国打开盒子，发现里面是伊藤老太太的印鉴。

李保国摇摇头说："这么重要的东西，不能交给我保管。"

在日本，印鉴不仅仅是个签名形式，更具有法律效力。在某些重要场合，比如签署法律文件之类，必须加盖印鉴，仅有本人签名是无效的。李保国明白这些，所以坚决拒绝。

"我把家都交给你了，李先生。"伊藤老太太硬是把印鉴塞给李保国，"印鉴给你保管我放心！"

李保国只好从命。

伊藤老太太一方面很珍惜她与来自故乡的"李先生"的相处时光，另一方面又盼着他早日回国，因为她想跟他一起返回故乡，去探望她日思夜想的亲人。这，也许是她人生旅途中最后的愿望。

李保国同意了。

访学结束后，李保国兑现诺言，搀扶着伊藤老太太一同登机回国。他陪着她先飞到北京，再从北京转机，飞到武汉。在颤巍巍走下飞机、踏上故土的那一刻，伊藤老太太激动得热泪盈眶。

伊藤老太太看望亲人之后,李保国还陪她游览了保定。

这次探亲之旅,除了老太太的往返机票,其他在中国境内的费用全部由李保国个人负担。

人们说李保国太善良,李保国却说:"每个有悲悯之心的人都会这么做。"

雾里雪里牵挂着你

"才看含鬓白,稍视沾衣密。道骑全不分,郊树都如失。"这是唐代大诗人韦应物描写雾的诗句。二〇一五年冬季的一天早晨,大雾弥漫,天地一片混沌,与韦应物所描写的雾景相比,毫无二致。

"这么大的雾,李教授能来吗?"前南峪村的果农们一边朝果园走,一边议论。

"街对面的树都看不清了,车还能在路上跑?李教授肯定来不了了。咱们要不回家猫着去吧,这大冷的天!"有人开始动摇,脚步放慢了一些。

"保国肯定能来,因为他是个守信用的人!"有人笃定地说,"他跟咱们约好今天上午上课,就不会下午到。"

人们听了纷纷点头，因为以前每一次约定，李保国都会如约而至。可是今天，雾如此大，能见度这么低，如果李保国开车来，路上该有多危险啊！想到这里，人们开始为李保国担心了。不小心开到沟里怎么办？撞到树上怎么得了？

"依我看，李老师今天还是不来好。"一个老汉摇着头说，"应该给他打个电话，告诉他改天再来，咱们得为他的安全考虑。"

话说李保国那边，他比往常起得还要早，因为他要赶到前南峪给果农上课。他拉开窗帘，看到缥缈的雾时，忙催促爱人郭素萍："快点收拾，今天有雾，咱们得早出发！"

郭素萍本想劝他改天再去，但她了解李保国说一不二的脾气，于是简单收拾了一下，他们连早饭都没吃，就匆忙朝着前南峪出发了。

雾越来越浓，高速公路封路。李保国只好开车绕小路，往目的地赶去。

"嗨，保国，今天雾大，要不改天再来吧？"

前南峪的电话打过来，是坐在副驾驶位置的郭素萍替李保国接听的。

"告诉大伙儿，咱们马上就到！"李保国双手紧握方向盘，两眼注视前方，大声对郭素萍说。他的声音干脆利索，不容置疑。

尽管李保国急得心要飞起来，但是车只能低速前行。他们赶到前南峪的时候，比约定的时间晚了将近一个小时。

一下车，李保国就对等在地里的果农们大声喊："今天雾大，来晚了，实在对不起啊！"边说边拿起工具开始讲课。

雾气笼罩的果园中，李保国绘声绘色地讲着，果农们里里外外围了好几层。

时间像长了翅膀一样，不知不觉已经飞到了中午。雾慢慢散去，天下起了大雪。

洁白的雪花宛如美丽的蝴蝶漫天飞舞。天地苍茫，李保国似乎没有觉察到下雪了，正用诙谐的语言形象地打着比方。果农们似乎也没察觉到雪的存在，因为他们都听得入了迷——谁愿意错过李保国的课呢？

看到果农们听得专注，李保国都忘了自己从早晨到现在一点儿东西都没吃，一直认真给大家讲解冬季果树管理的知识。他怕人们听不懂，关键环节就会多重复两遍。

讲课告一段落，李保国拍拍身上的雪，整理整理手套，笑着问大家："听明白没有？还有什么问题？赶快问啊，千万别客气！千万不要把问题憋在肚子里，闹不明白，吃亏的可是自己。"

果农们被李保国俏皮的表情逗乐了，毫不客气地说出自己的疑问。李保国回答了一个又一个问题。不知不觉，地上的积雪已经没过了脚面，湿透了鞋子，但李保国好像浑然不觉，依然不知疲倦地高高举着胳膊，拿着工具，为大家仔细讲解每一个问题的每一个细节。

雪落无声。时间就这样一分一秒地过去了，在大家眼中，李保国依旧神情专注，讲得绘声绘色。但是，只有他自己知道，因为在雪地里站的时间太长，加上早晨起得早，又忙着赶路，一直没顾上吃饭，他现在感觉头晕和心慌，他是硬撑着坚持下来的。直到在场的所有果农都表示没有问题了，这场雪地授课才结束。

雾里雪里牵挂着你 103

长期超负荷工作，令李保国的身体每况愈下，糖尿病和心脏病侵扰着他。学校领导多次安排他住院接受治疗，可他每次都是住不了几天就急着要出院。他对郭素萍说："一个人老想着病，也不可能活多大年纪。疾病给我下绊儿，我就与生命赛跑。没啥可怕的，跑一跑更舒服。"

话虽是这么说，但是许多细节和辛酸只有郭素萍知道。李保国每次在基地讲课、谈工作，都精神百倍，说起话来底气十足，走起路来大步流星，可是回到保定的家里，连上一次楼都要歇几回。郭素萍看着心疼，有时候就强行把他留在车上，让他多休息一会儿，自己替他到地里进行示范讲解。

李保国深知妻子的好意，但是，一旦到了地里，走进果园，看到果农，他就闲不住了，好像大地为他注入了新能量，他偏要陪在爱人身边，看着她讲解，还时不时提醒她多讲两遍，再讲仔细一些，把细节再重复两遍。他叮嘱郭素萍，农民比不了大学生，接受知识慢，得让大家听明白了，他们才会操作。

李保国说："我是从农村出来的，我还做农业，我觉得我为农民做点贡献挺好的，我能给他们解决生产当中的问题，我能让他们按照我的技术做下去，为农民致富做点贡献，心里头是非常乐意、非常高兴的。"

李保国心里牵挂着农民，牵挂着他的父老乡亲。二〇一四年，五十六岁的他开始涉足红树莓种植技术的研究时，曾满怀信心地说："发展一个产业，造福一方百姓，健康一个民族。""老百姓需要什么，我就研究什么。"

针对农村青壮年劳动力进城务工、留守在农村的多是"老弱病残"这一社会现实，他推出省力化栽培技术。一次性整地、拉枝下垂、架设黑光灯诱杀害虫等省工省力的技术，深受广大农民欢迎。

"太行山的父老乡亲富起来了，我的事业才算成功。"李保国跟农民的关系又醇又浓，醇得无杂质，浓得化不开。

不要农民一分钱

李保国是个很会算账的人,他把农民的收入算得清清楚楚。有一次他应邀来到石家庄,一天跑了四千亩果园。人们怕他太劳累,劝他放慢脚步歇一歇。他说:"我累点不算什么,如果我的技术能让这些果树早点进入盛果期,一亩地增收几千斤苹果,一斤就按两块钱算,那也不得了呀!一个人辛苦一天,增收几千万元,多值,多有成就感!"

在学生们眼中,李保国是个很有经济头脑的教授,经他指点的地方,农民腰包都鼓了起来。有人开玩笑说:"李保国教授长着金手指,能点石成金。"还有人直接喊他"科技财神"。

对此,李保国只是淡然一笑。他的确很会为农民算经济账，算环境账，算社会账。他算的每一笔账，都基于眼前，着眼未来。

帮助农民掌握科技这把脱贫的"金钥匙"是李保国的追求。他对学生们说："科技是撬板，用科技改造荒山，我们要做的不是简简单单的科技推广，而是通过这些科技来打造一个产业，要做'产业科技'；用科技把产业做起来了，才能实现可持续发展，才能给农民一个持续增收的能力。"

河北农业大学的许多学生听从恩师的谆谆教导，扎根在太行山的褶皱里，跟李保国一起，将一个个穷山村发展成为太行山区一颗颗璀璨的明珠。

有记者曾经问李保国："你有这么好的技术，又常年奔波在外，每年至少也得有上百万的收入吧？"

李保国回答："不为钱来，不为利往，农民才能信你，才能听你的。"

他是这么说的，更是这么做的。二十年来，李保国跟岗底村的人们一起摸爬滚打，硬生生将荒山变成了绿山，变成了能为农民带来收益的金山银山。岗底村摘掉了贫困帽子，人们很想表达一下谢意。

有一年，李保国在岗底村忙到腊月二十三，村里的人们都忙着置办年货了。杨双牛给他拿来两千元钱，让他采买一点儿年货。李保国说："我都把这儿当成家了，你怎么还这么客气呢？"见李保国死活不收，杨双牛只好作罢。

二〇〇三年，富岗公司改制，杨双牛对李保国说："这么多年，你辛辛苦苦搞服务，送你个股吧。"

李保国听了，把手一摆，斩钉截铁地说："可不能！这事你以后也不要再说了。"

为了帮助岗底村的农民摆脱贫困，李保国掏心掏肺地帮助他们规划，手把手教人们技术，现在生活富裕了，他们怎能忘记"挖井人"呢？杨双牛不死心，一天傍晚，他拎着一瓶酒、一袋花生米，来到李保国的住处。

杨双牛与李保国亲如兄弟，二人一见面就有说不完的话。就着花生米，兄弟二人举杯畅谈往事，既有辛酸，更有幸福。

杨双牛说："是你教会了我们种苹果，富岗苹果才打破了论筐卖的历史。一个极品果卖到一百元，还成了中国驰名商标、河北名片。你是岗底的恩人啊！"

李保国抿了一口酒，说："老哥，你错了，是岗底成就了我。没有农民提供的山水林田路，哪来我的科研成果？"

见李保国心情很好，杨双牛趁着酒兴又提出给李保国股份的事："这是岗底人的一份心意，好歹要收下！"

刚才还开怀畅谈的李保国，马上板起脸，非常严肃地说："可不能！老哥，这事你以后不要再说了！我收了农民的钱，农民就不认我这个人了！别的事，兄弟我听你的，再说股份的事，别怪兄弟不认你这个哥哥了！"

从此，杨双牛再也不敢跟李保国提股份的事。

湖北省保康县曾是特困地区扶贫开发重点县。二〇〇七年初，该县确定了发展核桃产业的战略，核桃产业领导小组办公室主任陈永高想方设法联系到李保国。

千里迢迢，李保国不辞辛劳来到保康县，跑种植基地，查看问题，提出具体整改方案，多次到现场做技术培训，电话技术指导更是数不胜数。只用了短短几年时间，该县种植核桃的农户达到了三万多家，一大批农民因为种植核桃而脱贫致富。

为了感谢李保国，县里几次要给他报酬，还专门派人来表达谢意："帮了我们这么大的忙，您就多少收下一点儿吧，毕竟是乡亲们的心意。"

但是，李保国坚决不收。他对来的人说："农业是公益事业。给农民服务是公益，给农业企业服务也是公益。农业企业发展了，在自身盈利的同时，还能够辐射带动周围山区的发展，最终还是对农民有利。"

滴水之恩当涌泉相报，何况是帮助大家彻底改变了贫困落后的面貌，让农民捧上了"金饭碗"！陈永高一直在寻找机会报答李保国。机会终于来了。他从别人口中得知李保国的儿子李东奇要结婚，便托人送给李保国两千元，算他个人的贺礼，但李保国把钱退了回去。

李保国不但不要农民一分钱，还经常自己花钱买来修剪果树的工具送给果农，有时还贴补上自己的课题经费。

他的妻子郭素萍说:"一九八一年,李保国毕业后留校任教,他就立志要用学到的知识帮助太行山区的农民脱贫致富。这个承诺,他坚守了三十五年。"

人们也终于明白李保国为什么不收农民的钱,为什么不收农业企业的钱了,因为他最见不得农民受穷。

太行山前南峪村,这个他投入毕生心血的地方,如今已是果园飘香、森林环绕、小桥流水的"世外桃源",植被覆盖率高达94.6%,被誉为"太行明珠",一九九五年获联合国环境规划署"全球五百佳"提名奖,被林业专家赞为"太行山最绿的地方"。现在的岗底村,山绿,水清,人富,观念新,成为知名的小康村,实现了生态效益、经济效益和社会效益的协同发展。

二〇一六年二月,有记者采访刚满五十八岁的李保国:"想过退休以后做什么,过什么样的日子吗?"

"我已经习惯了山里的生活。到时候,也许

就和老伴儿找个小山村住下。"李保国想了想后回答。

　　李保国的心里，始终装着巍巍太行山下的农民兄弟。在他心中，与自己的付出相比，农民给予他的回报，比脚下的太行山更有分量。

三个不同的家

家是什么？有人说是责任，是重担；有人说是真诚和爱，是心灵停泊的港湾；还有人说是加油站，是扬起风帆出发的地方。

李保国是个有家有业的人，他的家还不止一个。他亲口对人说，他有三个家：一个是永久的，在保定市河北农大家属院；一个是临时的，在平山县葫芦峪、邢台县前南峪、内丘县岗底村、临城县凤凰岭等一些主要帮扶基地；一个是流动的，在他那辆越野车上。

一年中，李保国有二百多天在帮扶基地，或者在去基地的路上，所以，在保定河北农大家属院的固定的家，反而成为他匆忙的人生之旅中驻足时间最短的驿站。整个家属院里，李保国家的水电费是最少的。

但是，只要李保国在家，晚上他家的灯总是小区内最后一个熄灭的，因为他要利用晚上的时间给学生们修改论文。他会从框架结构到字句标点，仔仔细细地看过，并提出具体意见。

李保国最牵挂的家在帮扶基地，因为那里有他关心的百姓，有他关注的果树。他常对人讲，太行山人民为我国革命和发展做出了巨大贡献，作为一名党员、一名教授，有责任、有义务为太行山人民脱贫致富干几件实事。

李保国心里装满百姓，所以，他将大量的时间用在帮扶各个基地上，足迹遍及太行山所有山区县。因此，他身上常常沾着泥土，嘴上说着百姓能懂的方言土语。

岗底是李保国多年帮扶的村。他和郭素萍一九九六年就搬到岗底居住，从李保国内心讲，岗底已经成了自己的家，岗底人也把他当成了自家人，就连村里的小孩子都熟识李保国的身影。

"李保国又来了！"李保国刚走到岗底村口，

就有小孩子认出了他,欢快地蹦跳着,扯开嗓子在巷口喊了起来,像是在给整个村子通报喜讯。

李保国见了,就会笑得眯起眼睛,胡须上翘,然后伸出手,慈祥地摸摸小孩子毛茸茸的头,再轻轻刮刮他的小鼻子。小孩子就会满足地咯咯笑着跑开。"李保国来了!"这一次,他的嗓门更高,声音更大。

因为任务重,有一年正月初六,李保国一家三口就返回了岗底村。

"郭老师,李老师在家吧?今天中午你们到我家来吧,我包了李老师爱吃的饺子,还炒了几个菜!"一位大嫂走进家门,热情地邀请郭素萍一家去她家吃饭。

"这个……"郭素萍有点犹豫。大过年的,到人家家里吃饭,合适吗?

"大过年的你们也不歇息,别自己做饭了,到我家去吧!"大嫂不容分说,拉住东奇的手就往外走。"李老师,到我家吃饺子了,你最爱吃的韭菜肉馅饺子!"她回头对正在整理资料的李保国说。

"好,好,谢谢啊!"李保国急忙应承。

大嫂拽走了李东奇，李保国和郭素萍只好跟了过去。

见李保国夫妇来了，大嫂一家马上乐开了花，请他们夫妇上座。李保国夫妇谦让着，最后和大哥大嫂分坐桌子两侧，孩子们兴高采烈地坐到了中间。

刚吃了几口菜，饺子还在锅里煮着，就听外面有人喊："李老师，你得到我家去吃饭！要不是你帮我给果树除了病虫害，我这个年还不知道怎么过呢！"

李保国放下筷子，跳下炕，走到门口一看，原来是隔着一条街的杨老汉。他就笑了，说："我在这边刚吃上。"

"那……那你也得到我家去吃！"杨老汉马上虎着脸对李保国说，"你不去，就是瞧不起我！"

"好好好，我去，一会儿就去！"李保国笑着答应下来。

夹了几口炒菜，喝了两口小酒，吃了一碗饺子，主人才放走李保国一家。

李保国不敢吃饱，他要让肚子留着空余，好去杨老汉家。

让李保国没想到的是,他们刚走到杨老汉家门口,隔壁的邻居就热情地拦住了他们:"来我家吧,做了你爱吃的!"

就这样,一顿午饭,李保国带着妻儿吃了三家。当他们打着饱嗝儿往家走的时候,有朋友打电话给他拜年,李保国兴奋地说:"我们全家在岗底村过年呢,这儿热闹,可就是呀,叫我吃饭的人太多,不去谁家都不高兴,一顿饭我要吃两三家,有时候一天要吃六顿饭!"

李保国还有一个重要的家,就是那辆载着他和郭素萍奔驰于路上的车。先是一辆轿车,后来因为跑山路多,换成了越野车。

李保国和郭素萍,一个擅长教学,一个专职搞科研,和如琴瑟,伉俪情深,领导把他们安排在一个课题组。这样,保定的家很少回去,车却成了他俩"流动的家"。

随着工作量的增加,基地的范围也越来越大,车上这个流动的家也越发重要。车的后备厢总是塞得满满的,换洗衣服、草帽、雨靴、工具包、矿泉水、方便面、面包、咖啡……应有尽有。

学校领导考虑到李保国长期下乡和出差的需要，打算为他配专职司机。领导的好意李保国心领了，他委婉地拒绝道："还是自己开车好，说走就走，方便工作。何况我几乎天天上山下乡，节奏快，铁打的司机也受不了。"

从此，李保国既是指挥员，又是战斗员，还是驾驶员，开车载着妻子郭素萍往返于八百里太行山的沟沟岔岔。看到他俩，人们就会想到"凤凰于飞"，这个词用在他们夫妇身上再恰当不过。平时，李保国开车，郭素萍就坐在副驾驶座上为他接打电话，查询资料，打理其他的事务。开车开得乏了，郭素萍就为李保国冲上一杯咖啡提神。有时候走得太累了，他们就在车上打个盹儿，喝口水，啃上一块面包。

听过李保国唱歌的人，都说他唱歌好听，腔是腔，调是调，有时候还唱得荡气回肠。他最喜欢唱的是《流浪歌》，有兴致的时候，会在车上唱给郭素萍听。

"流浪的人在外想念你，亲爱的妈妈；流浪的

三个不同的家

脚步走遍天涯，没有一个家……"

在太行山中"流浪"的李保国，会时不时想起妈妈。岁月早已模糊了生身母亲的容颜，但他不忘她的生养之恩；他跟继母相处得也很好，不是亲生，胜似亲生，他牵挂着继母，继母也牵挂着他。

李保国就像一个流浪者，从家到课堂，从课堂到基地，再从一个基地到另一个基地……跟流浪者不同的是，他有家，而且有三个他深爱的家。

李保国多么希望自己能走遍天涯，所到之处都绿树成荫，硕果累累，人们都有幸福的笑颜。

祝你生日快乐

农历正月初五,俗称"破五",这一天,民间有一种风俗叫作"赶五穷",即赶走智穷、学穷、文穷、命穷、交穷。跟赶五穷相对应的就是迎财神,所以还有一种说法,说正月初五是财神的生日。人们在财神生日到来的前一天晚上,置办酒席,为财神庆贺生辰。

翻看古老的中国年俗资料就会发现,正月初四也是很有讲究的。晋人董勋在《问礼俗》中写道:"正月一日为鸡,二日为狗,三日为猪,四日为羊,五日为牛,六日为马,七日为人。正旦画鸡于门,七日贴人于帐。"这是有关女娲创世神话的记载。在神话中,正月初四被称作"羊日",是

"三羊（阳）开泰"的意思，是吉祥的象征，也是恭迎灶神回民间的日子。

这些美丽的传说，表达了中国劳动人民迎祥纳福的美好愿望。

李保国就是正月初四出生的。他小时候，村里的婶子大妈们都说他的生日好，是个小财神，能给人们带来吉祥和财富。但是李保国从来没把自己的生日当回事，尤其是长大成人之后，更是从未过过生日。他不但不为自己庆贺生日，也不为家人过生日。

某一天快中午的时候，郭素萍回到家，看到李保国在批改学生的论文，就说："咱们今天吃面条吧。"

"吃什么面条？我蒸了米饭。"李保国头也不抬地说。他的眼睛专注地盯着论文，边看边批写评语。

厨房里已经米香四溢，郭素萍只好说："你们吃吧，别等我。今天正好清闲，我去逛逛街。"说着，就拎着包下了楼。

不一会儿，儿子东奇回到家。"我妈呢？"

他问。

"去逛街了,中午不回来吃饭。"李保国还在看学生的论文,"咱们随便吃点吧,我蒸了米饭。"

李东奇无奈地看着爸爸说:"今天是我妈生日!"

"哦……"李保国不好意思地说,"我给忘了。"

外表看起来大大咧咧的李保国,内心也有细腻的一面。他下定决心要记住妻子的生日,给她一份来自丈夫的爱与温暖。

第二年的十一月二十二日,一大早,郭素萍就收到一条短信:"祝你生日快乐!"她一看,短信是丈夫李保国发来的。她莫名其妙地看着李保国,而李保国在那边面露喜色,好像在等着妻子的表扬。

"我是农历十一月二十二生日,不是阳历。"郭素萍哭笑不得地说,"我啥时候过过阳历生日?"

"啊?哈哈哈,我给记混了。"李保国顿时觉得很不好意思,忙笑着掩饰内心的尴尬。

这次受窘之后,李保国干脆放弃记住妻子生日的想法,把每一天都用在更有价值的事情上。好在郭素萍并不在意这些。

整天忙忙碌碌的李保国,还经常忘记休息日和节假日。

有一次,李保国要带着几名研究生去平山县葫芦峪现代农业产业园区实习。他抄起电话给园区负责技术的聂建英打过去:"喂,建英啊,明天上午十点,我带着学生到葫芦峪,等着我。"

聂建英有些迟疑,吞吞吐吐地说:"过两天再来不行吗?"

"怎么?不欢迎?"李保国有点纳闷。他的团队,人们从来都是争抢着邀请的,聂建英这是怎么了?

"不是不欢迎……就是……"聂建英虽然有点犹豫,还是说,"明天来吧,我等你们。"

放下电话,李保国心里犯了嘀咕,一向痛快的聂建英今天这是怎么了?

李保国走出办公室,在校门口遇到张老师。张老师笑着说:"李老师,周六又加班啊?"

"啊？今天是周六啊？！怪不得办公楼里静悄悄的。"李保国顿时明白聂建英为什么吞吞吐吐了。

李保国回到家，对妻子郭素萍说："快收拾收拾，明天去葫芦峪！"

郭素萍愣住了："今天是八月十四，明天就是中秋节，过两天去不行吗？"

"哪儿有那么多讲究？我的日程都排满了，一改就乱套。快去收拾行李吧！在核桃园里过中秋，不是更有诗意吗？"李保国讨好般地看着郭素萍。

郭素萍深知丈夫的脾气禀性，只好去收拾行李。

其实，在李保国打电话时，聂建英刚回到晋州老家，准备跟家人过个团圆的中秋节。接到李保国的电话后，他担心明天一早会有雾，所以马上就要往回赶。刚回来就要走，他的妻子不高兴了。聂建英忙解释："人家李保国老师是大学教授，牺牲休息时间，带着项目资金和研究生来园区帮助解决问题，咱能不配合吗？"

第二天早上果然起了雾，快十一点了，李保国他们才赶到葫芦峪。聂建英忙迎上去说:"李老师,一路劳累,快去洗把脸吧,吃了饭再工作。"

"中午吃啥?"李保国笑着问。

"你最爱吃的水饺。"

"太好了!先去干活,一会儿回来吃水饺。"李保国高兴得像个孩子,把手一挥,带着研究生直奔山上的核桃园。

中午吃饭时,李保国乘着兴头,给大家介绍了中秋节的来历。一个学生说:"李老师,您为了我们,中秋节也不能跟家人团聚。"

李保国说:"人家建英好不容易回了晋州老家,被我一个电话召了回来,我知道后心里很不安呢!"

"李老师之前为葫芦峪付出那么多,现在还牺牲假期来指导我们。"聂建英动情地说,"没有李老师,就没有现在的葫芦峪!大恩不言谢,我以茶代酒,敬李老师一杯。"

在座的人纷纷起身,共同祝愿李保国老师节日愉快。李保国笑呵呵地说:"看着农民脱贫致富,我打心眼儿里高兴!"

爷爷不乖

二〇一二年,小辰辰诞生了,李保国当上了爷爷。摸着辰辰那肉乎乎的小手,望着那水汪汪的眼睛,李保国心花怒放,忍不住亲一口那粉嘟嘟的小脸。

晋级为爷爷的李保国很开心。看着孙子,他常常想起小时候的东奇。那时候,儿子刚满周岁,他就带着妻儿住到浆水镇前南峪村的石板房里,条件艰苦不说,主要是影响了对东奇的教育。每每想到这些,愧疚之情就会从心底涌出来。

时过境迁,让李保国欣慰的是,以前南峪为代表的许多帮扶村都富裕了。现在,也该好好陪陪孙子了,也算弥补一些对儿子的愧疚。

辰辰跟爷爷很亲，只要李保国在家，他就不找别人，好像要长在爷爷身上似的。李保国很会哄孩子玩，辰辰把他喜欢的玩具恐龙从盒子里拿出来，摆到地板上，李保国蹲在辰辰身边，为他讲恐龙世界的故事。祖孙两个，你一言，我一语，每次都能创作出一个新鲜的故事。

故事讲了一个又一个，讲了一次又一次，辰辰总是听不够，听不厌，只要爷爷有空闲，就会缠住他，央求他讲故事。李保国总会有求必应，有时候把辰辰抱在膝上，有时候祖孙俩并排坐在沙发上，有时候干脆都坐到地板上。爷爷讲的故事，总是那么生动有趣，那么富有启发性，辰辰听得津津有味，偶尔还会插嘴问个为什么。

虽然多了辰辰这个牵挂，可是还有那么多贫困地区需要帮扶，还有那么多项目要做，李保国的脚步还是无法停下来。教学和基地都让他忙得没有休息时间。

辰辰一连几天见不到爷爷，就会追着爸爸妈妈打听："爷爷哪儿去了？爷爷怎么还不回家？"

"爷爷出差了，很快就回来。"

辰辰就站在门口等，扒着窗户看，等啊等，看啊看，还是不见李保国回家，他又追着爸爸妈妈问："爷爷怎么还不回来？"

"爷爷出差了，再过两天就回来了。"

等到李保国回到家，辰辰就会扑上去，小胳膊紧紧环抱住爷爷的胳膊，小手紧紧抓住爷爷的衣领，吃饭挨着爷爷，喝水让爷爷喂，缠着爷爷讲故事，晚上困了，都要睡在爷爷身边。辰辰生怕爷爷离开他。

可是，已经成为爷爷的李保国还要奋斗在路上啊！

二〇一五年在岗底工作时，恰逢郭素萍生日。那天晚上，乡亲们买来了生日蛋糕，拿来红酒，一起为郭素萍庆祝生日。李保国特别开心，向大伙儿讲述了他们的大学时光，回忆起恋爱时的美好。烛光中，他学着年轻人的样子，把奶油涂到爱人的脸上。看着爱人笑靥如花，他的心里比吃了蜜还甜。

这是郭素萍最难忘的一个生日。让她没想到的是，这是丈夫李保国第一次为她过生日，竟然也是最后一次。

嫁给李保国这么多年，郭素萍从来没有过过生日。别说生日，就连她先后两次做手术时，李保国都在山上，手术知情同意书都是郭素萍的同学给签的字。

妻子生病做手术，李保国顾不上陪护，看似不近人情，可是，他又何尝对得起自己的身体呢？二〇〇七年，他在张家口黑龙山林场做技术指导时，突然觉得憋气，嘴唇发紫，吓得林场司机慌忙陪他下了山。他叮嘱郭素萍带领团队继续工作。

李保国回到保定后，去医院检查，被确诊为疲劳性冠心病，心脏造影显示百分之七十五的血管狭窄，连支架都做不了，只能做搭桥。

郭素萍从电话中得知这一情况后，急忙赶了回来。

医生让李保国马上住院治疗，卧床休息。郭素萍和校方都劝他住院，可他说忙，就是不肯去。说急了，李保国就板着脸回答："活着干，死了算。"

就是在这种情况下，李保国带着他的团队，开始了新的研究。

郭素萍只好悄悄抹眼泪，督促李保国按时

吃药。

平时，李保国还是谨遵医嘱按时用药的。崔同教授回忆说，李保国在日本做访问学者期间，非常严格地按照医嘱使用治疗糖尿病的药物。他很佩服李保国的严格与毅力，他认为李保国不是不注重自己的健康，而是把健康排在了工作之后。

李保国当然希望自己有个棒棒的身体，那样他就可以为更多的人做更多的事。他出门的时候，总是带着保温杯，里面装着胰岛素。他甚至还剪下印有治疗糖尿病偏方的报纸，夹在本子里。

但是，李保国坚持不去住院，他说："我才不去医院呢，去了我说了就不算了，医院就把我扣住，不让我出来了。"他怕医生不让他下地干活，也怕做了手术影响工作。

"我知道保养，每天两个大枣、两个核桃，我吃得不少。"李保国安慰关心他的人。

可是一旦忙起来，李保国就把用药的事给忘了。郭素萍只好站在一旁，一手端水，一手拿药，用哄小孩子的语气说："保国，该吃药了。"

"没看我正忙着嘛！"李保国反而没有好脸色，

好像郭素萍干扰了他的工作。

李保国说:"看着果农渴望的眼神,我要做的事情太多,十个李保国也忙不过来。一日做不成,我寝食难安。"

二〇一六年春节前,李保国和郭素萍从山区急急忙忙返回保定。路上,郭素萍说:"进市区后,咱们直接去超市,买点年货。明天就是三十了,该过年了。"

"对,买年货时,千万别忘了买个红灯笼,我答应孙子了。去年忘了买,到现在还觉得对不起他。"李保国提醒道。

下午四点,他们来到学校附近的超市,超市已经关门。一打听,原来这年的腊月没有三十,二十九就是除夕。他们开车转了几个地方,卖红灯笼的都收了摊儿。李保国遗憾地说:"咱对孙子的承诺又落空了。"

没有备下年货,正不知道如何过年的时候,亲家母打来电话,他们赶到亲家母家,两家在一起过的除夕。

李保国见到辰辰,马上笑得合不拢嘴。辰辰却噘着小嘴不理他。他以为是因为红灯笼的事,便忙向辰辰解释。

辰辰却说:"辰辰想爷爷了!爷爷不乖……爷爷不按时吃药。"

李保国赶紧抱着辰辰说:"爷爷乖,爷爷听话,爷爷这就吃药。"看着懂事的孙子,李保国既欣慰又愧疚。

二〇一六年三月七日,河北省妇联要在平山县举办一个活动,特意邀请李保国参加,郭素萍却说有其他的事赶回了保定。

活动现场,主持人对李保国进行了采访。他回顾了往昔的艰辛、不易和收获。当主持人问他最想对家人说什么时,聚光灯下,郭素萍竟然带着儿子、儿媳和刚四岁的辰辰出现在现场。

这对于李保国来说,真是喜从天降。

看到李保国,辰辰一边喊着"爷爷",一边奔跑着扑到他怀里,让他抱着不肯下来。

抱着胖孙子,看着帅儿子,李保国笑开了颜。

李保国不知道,之前是省妇联特意支走郭素萍,让她带着儿子一家三口突然出现在活动现场,好送给他一个惊喜。

"李教授,在这样一个特殊的日子里,请您对家人说句真心话吧!"主持人对李保国提出了要求。

李保国的笑容渐渐消失,愧疚涌上心头,声音有些颤抖:"素萍,东奇,我爱你们,但是我顾不上管你们。对不起!"

这一声"对不起",就像打开了闸门,储存了太久太久的辛酸与泪水,让这个堂堂硬汉泣不成声……

现场的人无不被他感动得落泪。

培养"土专家"

九月初，河北农业大学的新生刚刚入学。在众多的新生中，有个名叫王磊的人，他细心地发现，总有一些农民打扮的人，提着大包小包走进林学院办公楼一楼，一直走到最西头的办公室。

那些人总是行色匆匆，他们来学校干什么？为什么还提着大包小包？王磊感觉很奇怪，就向师兄请教。师兄告诉他，那里是李保国教授的办公室，那些人是从农村赶来的果农，慕名来向李保国教授请教问题，他们的大包小包里装的是土和病枝、病叶等样本。

一年三百六十五天，李保国有二百多天在基地，跟农民在一起，跟果树在一起，跟大地在一起。回学校上课的日子，他还要接待从各地赶来请教的果农。

李保国时时刻刻把农民的事挂在心上，手机通讯录里超过三分之一的号码是普通农民的。因为咨询的人多事多，为便于区分地域和事项，他干脆给号码的主人备注成"井陉核桃""平山苹果""栾城杨核桃""平山西北焦核桃"……这样，每当电话响起来，他一看来电显示备注，就能快速判断大概事项。他还让来咨询的农民记住每次询问的事项和解决办法，他说，日积月累，终有一天也会成为专家。

李保国始终记得他是农民的儿子，见不得百姓们受穷。他恨不得一夜就能改变农村的贫困面貌，一夜就让农民发家致富。然而，作为大学教授，李保国当然明白所有的事物都有其发展规律，一夜致富是不可能的。所以，他能安下心来做事，能专心致志做事，能痴迷于其中做事。因此，他能做一件成一件。"安、专、迷"就是他对自己的评价。

为了让每一个农民兄弟都尽快富裕起来，培养"土专家"是李保国要做成的一件事。于是，他把课堂建在基地，搬到果园，把学生们带进太行山，扎根在生产实践第一线。他说："搞科研就要像农民种地一样，春播秋收，脚踏实地。扎不进泥土地，就长不成栋梁材。"

为了教果农们果树刻芽技术，李保国亲自爬到树上示范，反复演示。可是，人们常常听了后头忘了前头，本来很简单的动作要领，果农们却记不住，李保国就反复爬上树做示范，手把手教技术。但是，从始至终他都没有一句怨言，更不会像批评学生那样批评果农记性差。他对助手们说："给农民讲课，不能把给硕士、博士上课那一套搬来，得把你的技术、你的成果变成农民能理解的、能记住的、能做到的最简单的东西。"

试想，如果满嘴都是科技术语，农民能听懂吗？李保国从青年时期起就懂得如何跟农民打交道，什么样的语言能直通农民大脑，什么样的事情能触及农民心灵，因为他是农民的儿子。

"去掉直立条，不留扇子面。""见枝拉下垂，去枝就留橛。"……李保国把科技术语转换成农民易于接受的口语和顺口溜，他还善于用形象的比喻，让果农容易听懂，容易记住。

"果树不能结太多果,就好比一个家庭,同样的钱,养一两个孩子可以让他们吃得饱,长得壮,但要是养七八个孩子就会让他们挨饿受冻,面黄肌瘦。"这是他在对果农们讲疏果的重要性。果农们听了,会开心一笑,而后点点头。李保国让他们一定要重视疏果,不能舍不得。

对于情况特殊的村民,李保国会格外关照,因为他不想让任何一个农民兄弟掉队。

村民杨会春对套袋技术掌握得慢,还弄掉好多小果子,把负责教他的女技术员气哭了。女技术员找到李保国哭诉,李保国二话不说,承担下教杨会春的任务。杨会春动手能力差,李保国就一次又一次、一遍又一遍地教他,直到把他教会。在这期间,李保国始终保持着耐心,丝毫没有急躁情绪。在以后的日子里,李保国对杨会春格外关注,常常给他开小灶,为他重点讲解。经过李保国精心培养,杨会春成为十里八乡闻名的"土专家",周围的果农经常邀请他当师傅,去讲课。杨会春种苹果,加上提供技术服务,一年收入十几万元,改变了贫困的生活状况。

梁国军是个"80后",没能考上大学,又不想复读。李保国知道情况后,推荐他到河北农大进修,专门学习果树管理。刚到保定,人生地不熟,梁国军心里发怵。李保国亲自领着他办入学手续,交学费,办饭卡,认宿舍,告诉他图书室、教室、澡堂在哪儿,去火车站坐几路车,到了火车站怎样坐车回家。一切安排妥当之后,还把他带到家里吃饭。

梁国军进修了一年,这期间,李保国一有时间就去看他,询问他学习和生活中是否有困难,是否需要帮忙。

梁国军进修结业后,李保国先后安排他到多个村子帮助果农管理果树,一方面在实践中巩固课堂上学来的知识,另一方面把书本上的知识传授给果农。经过多年锻炼,梁国军成了果树管理方面的能手。

"科技致富,不能光依靠我一个人,要把农民变成'我',把大家都培养成管理果树的专家。"李保国是这样说的,也是这样做的。

为了培养尖端的"土专家",开阔岗底人的视野，二〇〇六年李保国在日本做访问学者期间，自己掏腰包，安排岗底的技术员杨双魁去日本学习现代化果树管理技术，为富岗苹果的发展积累了第一手资料。

为使果农系统地学习果树管理技术，他让杨双牛借助邢台市农校的资源，在岗底村开办中专学历果农培训班，择优录取一百名学员，之后又开办了大专班。二〇一〇年，岗底村一百九十一名果农获得国家颁发的果树工证书，成为全国第一个"持证下田"的村庄。

二〇一五年十二月十日下午，岗底首届村民苹果专家论坛会在村民活动中心大厅举行。李保国坐在点评席上，面对自己亲手培养出来的二百多名果农专家，目光逐一扫过那一张张熟悉的面孔，不禁心潮澎湃，百感交集。

"把农民变成'我'"，这是李保国的强烈愿望。如果每个农民都成为掌握农业科技的行家里手，那么，脱贫致富就指日可待。李保国先后组织举办不同层次的培训班八百余次，培训人员九万余人。

桃"李"之家"老山人"

"桃李满天下，春晖遍四方。"这或许是为人师者追求的最高境界。在河北农业大学，有个活跃的微信群，名叫"桃'李'之家"，群主是"老山人"。

"桃'李'之家"的"李"特指李保国。这个微信群是李保国与学生们的信息交流群。学生们既有在校生，也有往届毕业生，他们在学习和工作中遇到难题，会发到群里，"老山人"李保国会在看到信息之后给予解答。这里是李保国教学课堂的延伸，是理论与实践相结合的"空中课堂"，也是学生们的一个温暖的家。

李保国性格直率，脾气倔强，在教学、科研和学生的学业、论文上容不得半点马虎，以严谨和严格著称，是学生们眼中的严师。他先后带过六十七名研究生，教过的本科生无数。每名研究生一入学，都会接到一份三年的学习任务清单，清单上每一项任务后面，都有详细的要求和明确的时间表。李保国称其为"阶段式目标管理"，他会随时抽查进展情况。

李保国重视学生的学业，从来不会由于自己的原因而耽误学生的课。他常常从基地直接赶回课堂上课，有时连饭都顾不上吃。他态度严谨，讲的课却生动形象，通俗易懂，学生们爱听，课堂常常爆满。

看到学生在学业上马虎，李保国就会生气。一生气，脾气直的他就开口训人。有的女生抗压能力差，被李保国训了几句，竟然哭起了鼻子，抹起了眼泪。"哎呀！哎呀！""怎么会这样？"李保国不善于哄人，马上变得手足无措，仿佛自己闯了多大的祸，直到女生不哭了，他才释怀。

而旁观的其他学生，心情十分复杂。他们中也有被李保国批评过的，深知李保国的严格，同时，

桃"李"之家"老山人"

他们心中油然而生的是对老师的敬意。严格要求学生学业的老师，能不是好老师吗？"新竹高于旧竹枝，全凭老干为扶持。"学生们明白，李保国希望学生们能够超越他，能青出于蓝而胜于蓝。

别看李保国在教学上要求严，训人时凶巴巴的，他可是个粗中有细的人，对学生们关爱有加。他提醒刚刚参加工作的马华冰，钱包等贵重物品不要放到宿舍，要放到办公室，因为那里有监控。他对拿着生了病害的树叶来找他的学生说："生产上遇到的问题尽管问我，要把咱们的知识带到实践中去。"对大龄毕业生，他会悄悄问人家有没有对象，还私下里请人帮忙介绍。

学生们背后称李保国"老头儿"，喜欢他带给学生们的父亲般的深沉疼爱与呵护，甚至喜欢"李保国式"恨铁不成钢的严格。他们懂得，一时的哭鼻子，是因为心理脆弱；一辈子的感激，是因为师恩如山。

唐晓敏是李保国带的二〇〇二级硕士研究生，曾经因为做实验马虎被训哭过。事后她发现，李保国对不认真学习的学生该批评的批评，批评之后则循循善诱，他是对事不对人。

二〇〇五年，即将毕业的唐晓敏想送李保国老师一件礼物以表感激之情。送什么好呢？脑海中，李保国总是胡子拉碴，她跟同学陈超商量一番，凑了二百块钱，买了一把剃须刀，送给老师留作纪念，希望他能时常刮刮胡子。

李保国笑着收下剃须刀，却分别给了唐晓敏和陈超二百元："你们是学生，没有经济来源，以后不要乱花钱！"

听了这话，唐晓敏的眼泪又唰地流了出来。这话，多么像父亲说的啊！

毕业之后，唐晓敏一直跟李保国保持着联系。二〇〇六年已经到北京中医药大学读博士的她，收到李保国回复的一封电子邮件，告诉她"博士是一个更艰苦的学习阶段，苦点是正常的，不要泄气，很快就会过去"，欢迎她"有时间回保定玩，我永远是你的师长，这里永远是你们的家"，还提醒唐晓敏"注意休息"。

收到恩师的邮件，在学生们看来既平常又珍贵。说平常，是因为他们一直跟李保国老师保持着联络；说珍贵，是因为他们的每次交流，都融入了浓浓的师生情谊。

课堂上，李保国是严师；课堂下，学生们视李保国为父兄。二〇一一年八月的一天，李保国带领五六个研究生到岗底村进行科研调查。学生们在果园调查时，冠层仪支架连接件坏了，无法测定冠层结构，大家一筹莫展。

这时，李保国走过来问："为什么停了下来？"

"冠层仪的支架坏了。"学生们怯生生地说，看到李保国后有些不知所措。

李保国看了看，二话没说，提着支架往村里走去。不一会儿，他就提着焊接好的支架回到果园。

"做实验的时候，仪器出问题是常事，不能出了问题就傻等着。出了问题，解决了不就行了？"李保国说这话时，表情是严肃的。然而，学生们听得内心沸腾，因为他们又明白了一个道理：遇到问题不能退缩，凡事都有解决的办法。

二〇一六年四月八日上午十点，叮咚！随着一声清脆的响声，一张照片出现在"桃'李'之家"微信群。照片上是一根枯死的树枝，仔细看，树枝上面布满了小裂口。

照片是在阜平县林业局工作的祁娇娇发来的，她在群里问："我这儿有一片树，主枝上全是小裂口，裂得多的枝条就死了。这是什么原因啊？"

到底是什么原因造成枝条死亡？枝条的死亡跟那些小裂口有没有直接关系？祁娇娇第一次遇到这种问题。大家纷纷摇头，真正的原因谁也拿不准。

直到晚上九点九分，"老山人"才回复："娇娇所说的树是一年生枝条上的大绿浮尘子产卵造成的冻害。"

哦，原来是这么回事！祁娇娇明白了树的病因，其他人也恍然大悟，纷纷记录下这一症状和病因。

有求必应的"老山人"今天为什么回复得这么晚呢？原来，四月八日这天，李保国一直在忙碌。四月九日一早，他还要在石家庄主持河北省山区苹果、核桃、特色杂果产业技术创新与示范体系建设三个项目的验收会。

让人们没想到的是，这是"老山人"在"桃'李'之家"留下的最后一条消息。

群里的每个成员，都不忍心删除聊天记录，因为这里有他们的掌门人——"老山人"的言谈与行踪，有他对学生们的技术指导和与学生们的思想沟通。

李保国带过的硕士、博士研究生没有一个延期毕业的。自从设立国家奖学金以来，他带的所有研究生都获得过国家奖学金，毕业时用人单位都争抢着要。

"饮其流者怀其源，学其成时念吾师。"学生们多么想当面亲昵地唤他一声"父亲"，多么想再听一听被李保国老师唤作"闺女"或者"孩子"！

"爱戴"这个词怎么用

"同学们,你们谁知道'爱戴'这个词怎么用?"语文老师的目光扫过那一张张稚气的脸庞。

二〇一六年六月,保定市前卫路小学三年级的语文课堂上,老师想检验一下同学们是否正确理解了"爱戴"一词的含义。

悦悦举手站起来回答:"老师,我觉得'爱戴'一词可以用在李保国爷爷身上。他不图名,不为利,用科技帮助老百姓脱贫致富。我……"悦悦停住了,因为他看到了老师脸上惊讶的表情。

"请说下去。"老师意识到自己的失态。

受到鼓励的悦悦继续说:"我觉得'爱戴'这个词应该用在李保国爷爷身上,人们爱戴他!"

"你认识李保国爷爷？"老师问。

最近一段时间，媒体上有好多关于李保国的报道，习近平总书记对李保国的先进事迹做了重要批示。可是，这一切好像都是成人世界中的事情，一个八岁的孩子为什么会关注？

"我妈妈是他的学生。"悦悦回答，"妈妈经常给我讲李保国爷爷的故事。"

"悦悦同学回答得很对。"老师的声音有些酸涩。那么好的一个人，才五十八岁就离开了人世，她一边默默感叹着，惋惜着，一边示意悦悦坐下。

二〇一六年四月十日凌晨，李保国因心脏病猝然离世。这个消息震惊了许多人，临城、内丘、平山等地，农民自发在村里设置灵堂为他守灵。上百万人在网络上怀念、祭奠他，为他点亮烛光。前南峪人把他的事迹刻成碑文，矗立于村口……这一天，千山含悲，万林低泣。

"已经给他联系好医院了，总是忙，就是没时间去做搭桥手术。"郭素萍的眼泪像断了线的珠子，扑簌簌滚落到地上，"一般医生讲病情时，不让患者在场，怕增加患者负担。但我们家不一样，我特意叫他一起听,就是希望医生能帮我劝住他,让他的工作节奏慢下来。"

李保国生前的确忙,他哪里有时间留给一台手术呢?再说,如果手术后不让他上山下地干活儿,那可怎么办?

虽然他不知道生命的终点在哪一天,但他一直在用奔跑的姿势与病魔赛跑,从病魔手中抢夺时间。

让我们来看看属于李保国的最后的日子吧。

四月一日至六日,邢台、南和、前南峪、保定……基本一天一个基地。

四月七日,在顺平县与河北省科技厅相关人员讨论"十三五"期间山区开发的方向。十九点五十七分,修改好二〇一四级硕士研究生李惠的论文,给李惠发送邮件。"写得不错!"这是李保国对这篇论文的评价。他从题目、摘要到正文,做了多处修改。这是他此生最后一次修改论文,也是他发出的最后一封电子邮件。

四月八日,上午,驱车一个多小时,从顺平赶回保定。一刻也没休息,召开课题组成员会,为项目验收做准备。下午,他驾车带着课题组成员奔赴石家庄,一直忙到晚上十点。

四月九日,周六,上午,李保国主持二〇一四至二〇一五年河北省科技支撑计划项目的三个项目的验收会。下午,参加一个果树节水灌溉项目会议。傍晚返城,路上,他像往常一样安排下周的工作:"下周周一、周二在校给本科生上课,周三去青龙,周四去滦县……"郭素萍都一一记下,以防跟别人的邀约发生冲突。这期间,他接了许多咨询及求助电话。晚上十一点多,他终于忙完一天的工作,休息。

四月十日凌晨,郭素萍被他不顺畅的呼吸惊醒……

疾病,像个黑色的大布袋,吞噬了他所有的光明与快乐,夺走了他最爱惜的时间。

……

人们想瞒住李保国的孙子辰辰,对小辰辰说:"你爷爷出差了。"

"爷爷什么时候回来?"辰辰以为这一次爷爷出差跟以前一样,所以习惯性地追问。

"……等忙完了手头的活儿，就回来了。"面对孙子稚气无邪的目光，郭素萍哽咽了。她忙扭过头去——她可不想让辰辰看到她眼角的泪珠。

"什么时候才能忙完手头的活儿？"辰辰拉住郭素萍的手指，扭身到郭素萍面前，仰着小脸问。

郭素萍心里咯噔一下，因为她从辰辰的目光中读到了疑惑和担忧。

"很快。"她一边掩饰一边搪塞。

幸好辰辰没有追问。

可是，纸，终究包不住火。

辰辰得知爷爷再也不会回来之后，号啕大哭起来，眼泪纷飞，湿了衣襟，哭得险些背过气去。哭过之后，他缠着郭素萍问："奶奶，我爷爷是怎么死的？他当时什么样子？为什么会去世？为什么不能救活？"

郭素萍很惊讶于这种血亲关系，一个刚四岁的孩童，竟然知道了解当时的细节。

这件事无疑给辰辰幼小的心灵留下了阴影。他一旦一两天不见郭素萍，就会急切地追问："我奶奶呢？"

"出差了。"

"我奶奶……不会……也去世了吧?"辰辰怯怯地看着爸妈。

这种时候,儿子、儿媳或者亲家就会要求郭素萍不管多忙也要和孙子进行视频通话,好去除小辰辰的疑虑。

说到这些,一向坚强的郭素萍忍不住掉了泪。

李保国虽然离开了我们,可是,他的事迹将永远被铭记。

李保国的助手齐国辉记得:"李老师知道我怕冷,冬天出门前总是提醒我多穿点衣服;知道我不吃辣椒,到基地出差时,总是叮嘱做饭时少放辣椒。吃饭时经常说'多吃点,你是干活的主力'。在报成果时,他把我们往前推,在荣誉面前从来不考虑自己。"

李保国带的第一个硕士研究生顾玉红记得,当时他把自己的笔记本电脑借给她写论文,他的儿子李东奇都说他偏向学生。

郭素萍记得那唯一的一次"旅游"。二〇一五年,全国劳模被安排去海南休养。因为李保国的身体状况不佳，河北农业大学的书记叮嘱郭素萍，要她紧跟李保国，他走到哪儿就跟到哪儿，所以，郭素萍自费参加了这次休养。这让李保国很不满意，一路催着她："交钱去，交钱去，快去交钱！"还说，"以后这样的事，你别瞎掺和！没看通知啊？不让家属陪同！""如果你身体没问题，我才懒得跟你来呢！"一片好心的郭素萍有种被冤枉的感觉。

同事们记得，李保国把经济林、病虫害防治、水土保持等知识融会贯通，把自己会的毫无保留地分享给大家，包括教学用的PPT。对他来说，同行是朋友。

厂家的老板记得，李保国把申请下来的专利，免费送给工厂使用。"把事情做好就行！"这是他唯一的要求。

千千万万的农民记得，那荒山变成了绿山和金山，而李保国却分文不取。李保国笑呵呵地说："国家给我发着工资，一个月八九千元，吃不清，喝不清。这么多年，名、利我没有追求过。我相信，你只要干事就行了，终究会有人认可。"

百姓认可了，社会也认可了，李保国却躲着"名"走。记者们到前南峪采访时，他能躲开镜头就躲开，能回避采访就回避。岗底村想为他立个功德碑，被他断然拒绝，后来改成送给学校的，但他要求不许出现"李保国"三个字。他说："功劳是团队的，是学校的，不是个人的。"

每天想着做事，做一件事就成一件事，这让李保国内心充盈着幸福，名和利已经无法钻进他的内心。别看他说话冲，脾气倔，可他咧着嘴笑的时刻非常多。对他来说，世界上好像没有"发愁"二字。即便有发愁，也是技术上遇到难题时的皱眉头。眉头皱不了多久，难题被攻克，李保国又咧开嘴笑了。就像人们说的那样，李保国是个幸福指数很高的人。

斯人已逝，浩气长存。

李保国的汗水与心血滋养着八百里太行，他的名字将与巍巍太行山同在！